光文社文庫

文庫書下ろし

天職にします！

上野　歩

JN020633

光　文　社

目次

プロローグ

「切り詰めるだけ切り詰めました。今がせいいっぱいです」

彼女は三十二歳で、沙恵《さえ》といった。悠斗《ゆうと》という小学校低学年の子どもがいる。悠斗が学齢前に離婚。元夫の収入は不安定で、養育費を受け取れることはほとんどない。そもそも夫は、最初から支払うつもりがないようだ。居酒屋でフルタイムのパートで週五日働き、公的補助金を受けながら息子とふたりで生活してきた。月の食費を切り詰めて生活してきた。そんな母子《おやこ》の生活は、新型コロナウイルス感染症パンデミックで、さらに追い詰められることになったのだ。

「緊急事態宣言が発出された際はいかがでした？」

とリコは質問する。そして、いつものようにひたすら相手の話に耳を傾ける。

今年――二〇二〇年（令和二）四月七日に七都府県に発出された緊急事態宣言は、十六日には全国が対象となった。

「居酒屋でのパートが減らされてしまいました。小学校の休校措置で、悠斗は自宅で過ごすようになりました。お昼も給食ではなく、家で食べます。食べ盛りなのに、お腹いっぱい食べたという経験がないと思います」

彼女が寂しげにふっと笑う。

リコはマスクの下で唇を噛んだ。

緊急事態宣言は解除されたが、居酒屋の客足は戻らなかった。沙恵のパートの勤務時間も少ししか増えない。

「生活は苦しいままでした。減った収入ではアパートの家賃も払えなくて、貯金を崩しました。それもなくなって、保険を解約したんです」

聞いていて、リコは歯がゆかった。それでも、聞くことが自分の仕事なのだ。

「お風呂も、お湯は三分の一くらいしか溜めません。それも二日に一度です。でも、悠斗がドーナツを食べたいとせがんだ時には、あたしが食事を抜いて買ってやった。あんなに嬉しそうに食べる顔を見て幸せでした」

沙恵が泣き笑いの顔になった。それを見て、リコも涙ぐみそうになる。

七月末にとうとう閉店し、沙恵も退職を余儀なくされた。そして彼女は、ハローワーク吾妻《あずま》にやってきたのだった。

「まずは基本手当をもらって、一刻も早く次の仕事を見つけたいです。会社都合の場合、基本手当はすぐ支給されるんですよね」

会社都合退職は特定受給資格者に該当し、退職して七日後から雇用保険の基本手当の支給を受けられる。

マスクを着けていても沙恵の表情が、さばさばしているようなのが分かった。リコもそれを受け、明るく返そうとしたが固まってしまう。会社が発行した離職票の、離職理由の欄に、〔労働者の一身上の都合による〕と記載されていたからだ。

「閉店したのではなく、ご自身の意志で辞められたとありますが？」

「え⁉」

彼女が驚いていた。そして、なにか思い至ることがあったようだ。

「パート先のお店が閉まるので、居酒屋チェーンの本社から別のお店に移るように指示されたんです。でも、勤務時間が減るので、〝フルタイムで働けないと生活できないんです〟と会社に伝えました。そしたら、一身上の都合で辞める旨を書いた退職届を出すようにと」

リコはつらい宣告をしなければならなくなった。

「基本手当の給付はありません」

沙恵ははっとしていたが、そのあとで自分の気を引き立てるように言う。

「では、三ヵ月したらもらえるってことなんですね。でも、まあ、今の状況だと仕事が見つかるまでに時間がかかるかもしれないし……ありがたいです」

リコはしかし、彼女のささやかな望みをも打ち砕かねばならない。

「いいえ、給付自体が得られないんです」

沙恵が啞然《あぜん》としていた。

リコは諭《さと》すようにゆっくりと説明する。

「自己都合退職で基本手当を受給するためには、過去二年間で十二ヵ月以上雇用保険に加入している必要があります。しかし、感染拡大の影響でお店が休業していた期間を差し引くと、あなたが雇用保険に加入して働いていた期間は十ヵ月で、日数が足りません」

伝えるリコも胸が苦しくなった。会社都合の場合なら、過去一年間に半年以上、雇用保険に加入していれば受給資格があるのだ。

「そんな……」

それきり彼女は声を出さなかった。

来所した人の話に耳を傾ける。そして、相手に寄り添う。それがリコの仕事。けれどその相手は、もはや言葉を失っている。自分はあまりにも無力だった。

沙恵はゆらりと立ち上がると、悄然《しょうぜん》と帰っていった。


翌日、再び沙恵はやってきた。一階フロアは、相談に訪れた人たちで混み合っている。密な状態を防ぐため待機スペースの椅子は間隔をとっているが、中で待てない人たちが廊下に長い列をつくっていた。

ほかの人の相談を受けている時にも待機スペースの沙恵が、じっとこちらを睨んでいるのが分かった。順番になったので呼ぶと、急に沙恵はスマートフォンを取り出してどこかに電話をかけた。フロア内では、携帯電話での通話が禁止されている。周囲への配慮を促すまでもなく、沙恵は短く切り上げた。そして、つかつかと近づいてきたと思うと、いきなりリコの前に吊られている感染対策用のビニールカーテンをつかんで引きはがした。

「あたしたちに死ねっていうの!?」

沙恵が声を張り上げる。次の瞬間、携えていたバッグからなにか取り出した。

――包丁！　声にならなかった。

沙恵はバッグを放り出し、包丁の鞘《さや》を捨てた。彼女が握っているのは小出刃《こでば》で、尖った切っ先をリコの目の前に突きつけていた。

第一章　特例非公開求人

1

　二〇一九年（平成三十一）四月。

「ここって、会社を辞めてからでなくても利用できるんでしょうか？」

　そう尋ねたのは、三十代前半の生真面目そうな男性だった。〝ここ〟とは、ハローワークのことである。

「もちろんです！」と、間宮璃子《まみやりこ》はすぐさま応じた。「ハローワークは、会社を辞めていない方にもご利用いただけます。むしろ〝辞めてから相談に来ないで〟と言いたいくらいです。〝辞める前に来て〟と」

　発言したあとで、「オーケーですよね？」とお伺いを立てるように、隣にいる辺見尚《へんみなお》江《え》の顔をちらりと見る。アラフィフの尚江は痩せぎすで、赤いフレームの眼鏡レンズ越しに光る切れ長の目が特徴的だ。視線は、カウンターの向こうにいる相談者にじっとそそがれたままである。だが、その横顔が頷いた。よし、このまま続けろということだ。

「会社を辞めるとどうなるかって、想像がつきます？」

今度はリコのほうが彼に質問する。

「あ、いえ、そんなこと急に言われましても……」

平尾《ひらお》と名乗る男性が、慌てて弁明した。現役のサラリーマンらしく、きっちりしたスーツ姿だ。

「会社を辞める——その一事によって、平尾さんを取り巻く環境は劇的に変化します」

カウンター越しに対峙した相談者を、リコは上目遣いに見やった。

「実際、辞めたあとになってその状況に適応できず、慌てたり取り乱したりする人が多いんですよ。まるで、砂漠にひとり投げ出されてしまったように」

リコは会社を辞めたことがない。それどころか会社に勤めたこともない。だから、出まかせである。それでも平尾は、すっかり怯えてしまったようだ。

「まず、会社を辞めると、会った相手に対して自分を名乗る時の冠《かんむり》がなくなります。

たとえば今なら、〝A会社B部の平尾です〟と名乗ることができるわけです。相手は、平尾さんがA社の一員であることによって、社会とつながっていることを認知します」

「ええ、まあ……」

平尾がおぼつかなく応える。

あたしの冠ってなんだろう？　この春、入省したばかりのリコは考えた。〝ハローワーク吾妻の間宮です〟になるわけか。なんか不思議だ……。仕事を探すわけでもないのに、毎日ハローワークに通っているヒト。

「しかし」となおもリコは語り続ける。「会社を辞めたあとでは、自分を説明する冠がなくなります。自分の名前のみを名乗ることになる。あなたは、ただの平尾です」

「ただの……平尾……」

虚ろに繰り返す彼に向けて、リコは厳《おごそ》かに頷いた。

「そう、ただの平尾。単なる平尾。在籍していたのが大会社であれ、中小企業であれ、辞めるということは、誰も守ってくれなくなる。荒野にぽつんと放り出されてしまうに等しいのです」

さっきが砂漠で、今度は荒野ですかい！　とリコは、自《みずか》ら口走ったことに心の中でツッコミを入れる。少し大袈裟《おおげさ》だったかも……。それにしても砂漠と荒野だと、どっちが環境的に厳しいかな？　砂漠は水がないぞ。荒野には、草くらい生えてそうだ。もしかしたら、池や沼があるかも。でも、そんな水を飲んだら、お腹をこわすだろう。それに、荒野には獣が潜んでそうで危険だ。いや、危険というなら、砂漠にはサソリがいる。

「平尾さんておっしゃったわね」

隣にいる尚江が、そう口を開く。赤く細い眼鏡フレームの上で、眉をひそめていた。

「この子に、砂漠だ荒野だって言われて、恐れ入る必要なんてないわよ」

「へ？」

平尾が呆気《あっけ》にとられている。

「自分は国家公務員で安泰だ。そんな立場になるはずがないって思ってる人が言ってることなんだから」

尚江が「ねえ」と言うようにこちらに切れ長の目を向けてきた。

リコは首をすくめてしまう。確かにそうだ。あたしは、ただ安定しているからという理由だけで、公務員になった。それも地方公共団体の公務員ではなく、なるったけ安定していそうな国家公務員を選んだのだ。そう、母のようになりたくなくて……。

「この子ね、剝《む》きたてのゆで卵みたいなつるんとした顔してるのを見ても分かるとおり、新卒採用されたばかりなの。研修で、ハローワークの部署をあちこち回って仕事を体験中ってわけ」彼女は平尾にそう言ったかと思うと、再びリコのほうに視線を向ける。

「ねえ」と、今度は声に出して言った。

「はあ、まあ」

と返事する。髪をポニーテールにしているのは、時代劇オタクだからだ。出勤前に髪をひとつに結う時、サムライの気分に浸れる。新人らしく黒のビジネススーツを身に着けていた。

尚江はカジュアルなニット姿である。

「そういうあたくしは、公務員じゃありませんので。原則一年更新の非常勤職員」

平尾が、意外な表情をした。

「え、マジですか⁉」

「マジもマジよォ」と、カウンター越しに彼に向けて手をひらひらさせる。「自分も不安定なのに、仕事を探す人の就職を支援する——。それが、あたくしたち相談員の渡《と》世《せい》」

尚江が皮肉に歪めた口もとに手をやり、薄く笑う。彼女は、就職支援ナビゲーターと呼ばれる相談員である。

「ところで平尾さん、あなた、会社を辞めてなにがしたいの？」

尚江の質問に、「それが……よく分からないんです」と、おぼつかなく彼が応えた。

「どうだったかな、間宮君」

一階にある仕事の相談・紹介の窓口カウンターから三階の庶務課に戻ったリコに、神《かん》林《ばやし》が声をかけてくる。

「相談員さんて事業所を紹介するだけじゃなくて、会社を辞めるかどうしようかという相談にも応じるんですね」

ハローワークでは求人先の企業のことを〝事業所〟と呼んでいる。リコもさっそくそれに倣っているわけだ。ちなみに、〝ハロワ〟という呼び方は蔑称という基本認識があり、職員は略さずハローワークと呼ぶ。

とりあえず平尾は、「もう少し、いろいろ考えてみます」と言い、帰っていった。

「そうだね」

と神林が頷く。彼は五十代半ば。年齢のわりに黒々とした髪を、かっちりとした七三分けにしている。チャコールグレーのスーツを、やはりかっちりと着こなしていた。職場の特性から職員のドレスコードは地味目である。相談員の尚江の赤いメガネフレームが、ぎりぎりの差し色といったところか。神林の服装も典型的な公務員スタイルだが、野暮ったくはなかった。彼は、シブめのイケオジである。

「相談員は、必然的に求職者の人生にかかわることになる。時には、生きていく上でのさまざまな問題について助言を求められたりもするんだよ。まずは相手の話に耳を傾けるのが、仕事だ」

なるほど、相手の話に耳を傾ける、か……。砂漠とか、荒野とか言ってる場合じゃなかった。

東京の下町、隅田川のほとりに建つハローワーク吾妻の職員は百二十名。正規職員と非正規職員の割合は半々である。ちなみに内部では、正規職員をプロパー職員、非正規職員を非常勤職員と呼んでいる。これはアズマのような中規模のハローワークの場合で、大規模となるとプロパー職員三分の一に対して、三分の二が非常勤職員となる。国家が推し進める公務員削減政策によって出来上がった職員の構成だ。正規、非正規ともに職員の一部は就業支援サテライトや区役所の生活保護課に派遣されている。

そして、ハローワーク吾妻で現場の職員を取りまとめているのが、統括職業指導官である神林だ。皆は彼を〝トーカツ〟と呼んでいる。

「マンマミーアも、人生相談してみたらどうだ？」

そう冷やかしを入れてきたのは、入省三年目の高垣《たかがき》だった。研修中のリコは、ひとまず庶務課に席を与えられている。自分の向かいの席が高垣だ。着任した初日、庶務課のみんなを前に自己紹介する際、緊張していたこともあって、「マンマミヤです」と噛んでしまった。それを「マンマミーア」といつまでも茶化し続けているのだ、この高垣は。爽やかそうな見かけとは裏腹に粘着質なやつめ、とリコは思う。

「身の上を占ってもらうなど無用でございまする」

そう返したら、高垣があんぐり口をあけていた。

「ございまする……って、なんだそりゃあ？」

やっちまった！　時代劇オタクであるリコのワンルームは、昔の東映時代劇のブルーレイであふれている。毎晩、コンビニで買ったごはんを肴にお酒を飲みながら、時代劇チャンネルを眺めるのが至福の時だ。つい時代がかった言い回しが口をついて出てしまった。

「あの、ガキさん。あたしはマンマミーアではなく、間宮です」

そう話題をすり替える。

「ガキさんじゃねーよ、ガッキーさんと呼べ」

あんたは性格がガキだから、ガキさんでいいんだよ、と心の中で毒づきつつも、「えー、ではガッキーさん」と澄まして言っておく。

満足そうに頷いている高垣を見やり、ほんとにガキだと肩から斜めの袈裟懸《けさが》けに斬って捨てた。

神林はふたりを見て笑っていたが、そのあとでこんなことを口にする。

「我々が行うのは、求職者について知ることなんだ。相手がどういう人なのかを知る」

「トーカツ」と、高垣が発言した。「〝求職者について知る〟というのは、相手に合った仕事を紹介するためってことですか？」

「それだけではない。その人がどう動きたいかを知るためだ」

どう動く？　ますますシュールな話になってきたぞ。

「漢字は、中国から日本に伝わってきた。その中で〝働〟という文字は国字《こくじ》――つまり日本でつくられたといわれている。〝人〟という文字と、〝動〟という文字を合わせて〝働〟。働くとは、人が動くことを表しているんだ。求職者がいったいどのように動きたがっているのか、それを知ったうえで相手に寄り添う。我々の仕事とはそういうものだ」

2

朝の出勤途中、なにか話しかけられたような気がして、リコは振り返った。そこには、キャリーバッグのハンドルを握り、大きなリュックを背負った三十歳前後の女性が立っていた。前髪で目を覆うように隠している。おまけにレンズの色の濃いサングラスを掛けていて、リコはぎょっとした。

「あのう、ハローワークにはどう行ったらいいのでしょう？」

とても小さな声で、うつむき加減のままそう訊かれる。

「でしたら、あたしもこれから向かうところです」

とリコは応えた。

「あなたも？」

やはり、かすれた小さい声で言う。

「はい。あたし、アズマ――ハローワーク吾妻の職員なんです」

リコは笑みを浮かべた。

「職員さん……」

彼女がサングラスを掛けた目をこちらに向ける。大きなサングラスのレンズ越しでも、その表情が怪訝《けげん》そうなのが分かった。そしてまた、顔を下に向ける。

あたしが頼りなさそうに見えたのかも、とリコは思った。

「それならちょっとお訊きしたいんですけど、住み込みの家政婦の仕事ってあるでしょうか？」

ささやくように訊いてくる。

毎日、職業相談窓口に座っているリコだったが、あまり耳にしたことのない求職希望にどぎまぎしてしまう。

「ここではなんですので、まずはうちの所《しょ》に」

ふたりは隅田川に架かる吾妻橋《あずまばし》のたもとに立っていた。リコは、地下鉄の駅から出てきたところだった。毎朝のことだけれど、隅田川を眺めるとしみじみした気持ちになる。それは郷愁なのかもしれない。ここは、自分と因縁浅からぬ土地なのだから……。感慨にふけっていたら、女性に声をかけられたのだった。

五分ほどの距離を、並んで歩く。大荷物の彼女がなにも語ろうとしなかったので、リコもあえて話しかけないでおいた。行政書士や社会保険労務士の事務所がぽつりぽつり目につくようになると、ハローワーク吾妻はもうすぐだ。現在、アズマの建物がある場所に法務省関係の施設があった名残りから、そうした事務所が周囲に多いらしい。

「すみません、開庁は八時半なんです」

庁舎の前まで来ると、リコはそう伝えた。築三十年以上の三階建ての建物は、少しでも明るい雰囲気を醸し出そうとガラスが多く使われている。グレーのタイル張りの壁面に、〈ハローワーク吾妻〉という緑色のロゴがあった。今は八時を十分ほど回ったところである。

「お茶でも飲みながらお待ちになるのなら、この先にカフェが……」

と言いかけたら、「カフェなんて、もったいない！」と激高したように遮られた。

リコは驚いてしまい、「すみません」とまた謝る。

「ここで待ちます」という彼女を残して、リコは裏の職員通用口から庁舎に入った。

八時半になると、さっきの女性が廊下から一階フロアに入ってきた。さすがに建物内でサングラスは掛けていない。だが、相変わらず前髪で目を覆い隠すようにしているのが異様だ。仕事の相談・紹介の窓口に座っているリコを見やると、フロアの中央にある受付ブースの職員と二言三言交わす。それから記入台のほうへと向かった。ハローワークで求職活動をするには、求職申し込み手続きを行う必要があった。手続きは、備え付けのパソコンで入力し仮登録するか、求職申込書に手書きで記入する。その後、相談窓口で職員が申し込み内容を確認しながら本登録していく。申し込み手続きには、保険証や運転免許証などの本人確認書類は原則として不要。ただし外国人については、就労できる資格を確認するために在留カードなどが必要だ。また、雇用保険や職業訓練の給付金の手続きには本人確認書類が必要になる。

先ほどの彼女は求職申込書の記入を終えると、再び受付に向かった。彼女が受付職員に、尚江とリコのいるカウンターのほうをさしてなにか言っている。その後、こちらに向かって歩いてきた。

「あの方、受付で間宮さんを指名したようね」

すかさず隣に座っている尚江が言って寄越す。

「さっき、ここまで一緒にきたんです」

そんな事情があったにせよ、リコは自分が初めて指名されたことが嬉しかった。少しでも頼りにされている気になる。

女性がキャリーバッグを傍らに置き、背負っていたリュックを胸に抱いて椅子に座った。それはまるで、相手から身を守っているようにも見える。

「パソコンが苦手で」

先ほどと同様に小さな声で言って、求職申込書を差し出す。そこには、〔西岡雅実《にしおかまさみ》〕〔32歳〕とあった。サングラスを外した雅実は化粧気はないが、きれいな顔立ちをしていた。前髪の間から覗く目が大きい。リコは友だちから「あんたの目って縦に大きいよね」と言われる。雅実の目は、横に大きかった。彼女はやはりうつむいて、その横に大きな目をこちらに向けようとはしない。

「ご住所は群馬県なんですね」

と言いながら、リコは求職申込書の内容を入力していく。

「今朝、始発に乗って浅草に来ました。松屋デパートの二階が終点の電車に乗って。〝近くにハローワークはありますか？〟と駅員さんに訊いたら、〝隅田川の対岸の墨田区側にある〟と教えてもらいました。橋を渡ったところで、あなたに会ったんです」

「間宮といいます」

リコが名乗ると、「間宮さん」と彼女が口の中で繰り返した。

「先ほど、〝住み込みの家政婦の仕事〟をさがしていらっしゃると」

リコの言葉に、雅実が下を向いたままで頷く。

「家政婦さんの経験はあるのですか？」

雅実が首を横に振る。

「でも、ヘルパー二級の資格を持っています」

もごもごとそう返した。

「住み込みがご希望なのですね？」

雅実が頷く。

そこで、「住み込みか」と口にしたのは尚江だった。「夫婦で、寮やマンションの住み込み管理をするような仕事ならあるのよね」

「住むところがないんです。なんとかならないでしょうか？」

雅実が声のトーンを上げた。

「あたってみて」

と尚江に促され、リコは職員端末で検索する。

「やっぱり、住み込みで家政婦はないですね」

リコが返答すると、尚江が雅実のほうに顔を向けた。

「家政婦という職種は外せないの？」

「家政婦をするために東京に来ました」

彼女が声は小さいけれど、きっぱりと応える。

「事情をお聞きしてもよろしいでしょうか？」

リコがそう口にしたら、彼女は深くうなだれてしまった。たった今、家政婦をするために東京に来たと、ささやくようではあったけれど決意を語ったばかりなのに。

「どうしました？」

雅実は、首を前に垂れたままだ。

仕方なく尚江のほうを振り向いたら、その目が「待て」と告げている。指示に従って、リコは待つことにした。

相変わらず雅実は下を向いたままである。だがそのままの姿勢で、おずおずと語り始めた。

「わたしが生まれ育ったのは、のどかな田舎町です。真冬になると、四、五メートル先も見えなくなるほどの深い霧に包まれ、クルマの運転の妨げになるほどでした。でも、わたしは、そんな風景が嫌いではなかった」

地元で保育士をしていた雅実は、園児に囲まれ充実した日々を送っていた。汚《けが》れを知らない瞳をした子どもたちの、誰もがかわいい。男の子のひとりが、「大きくなったら、マサミ先生と結婚するぅー!!」と叫んで走り去った。雅実はすかさず追いかけ、「早く大きくなってね。先生、それまで待っているから」と言うと、その子ははにかみながら首に腕を巻きつけ、頬ずりしてくれた。

小さな求婚者の願いを雅実はかなえられなかった。間もなく保育園を辞め、結婚したからだ。相手は藤崎《ふじさき》という自営業者で、町では羽振りがよかった。保育園の前を会社のクルマで頻繁に通り、園児らと遊ぶ雅実を見初《みそ》めたのだった。

結婚を迫る藤崎に対し、雅実の心は揺れなかった。父の酒癖の悪さが、男性を遠ざける要因になっていたかもしれない。普段は真面目に仕事をする父が、酒が入ると別人のようになって母やひとり娘の自分に暴力を振るった。父はその酒のせいで命を縮め、十年前に亡くなっていた。

「子どもやお年寄りの世話をする仕事が自分に合っていると考えました。それで、短大時代に保育士資格と一緒にヘルパー二級を取得したんです。保育士の仕事を始めてからは、定年まで仕事を続けられたらと願っていました」

家にやってきて景気のいい話をする藤崎に、まず母の気持ちが動いた。「あんたも、もう二十九だよ。いい加減に決めなさい。暴力、借金、不倫さえなければいいの」それは、酒癖の悪い夫を持った母の、結婚に関する諦観《ていかん》だった。いつかは自分も結婚するんだろうなとぼんやり考えていた雅実も、三十歳になる前に嫁がないと機を逸するかもという焦りが急に芽生えた。自身も、父の影響があって結婚に夢を抱いてはいなかった。確かに〝暴力、借金、不倫さえなければいい〟ではないか。

結婚後は藤崎の実家で、両親と同居した。実は、藤崎の父親の温厚で優しそうな眼差しに触れたことが、雅実に決意を促したのだった。この人の息子なら大丈夫だろうと考えたのだ。藤崎の希望で、保育園も辞めた。

藤崎は四番目に生まれた初めての男の子ということで、両親から溺愛されて育った。欲しい物、言ったことが、すべてかなえられてきたのだろう。自分の意見が通らないと不機嫌になった。とてもきれい好きで、悪くいえば異常なまでの潔癖症だった。家の中の小さな塵《ちり》でも常に拾って歩くのはいいとして、洗濯物のにおいを嗅いでは、「臭いから洗い直せ！」と命じられる。時には、取り込んだばかりの物も臭いと言った。この人は、お陽さまのにおいが嫌いなんだと思ったものだ。それだけではない、ほんの些細なことでも怒鳴られた。結婚前は両親も手を焼いていたようだが、「嫁が来るまでの辛抱って、言ってたのよ」と義母に聞かされた。それを耳にした時から、雅実の中に不信感が募るようになっていく。

義母も気性が激しい人だった。それに対して、思うがままに気持ちをぶつけていたら事態はますます悪くなると察して我慢した。義父は思ったとおり優しくもの静かな人だったが、頼りにはならなかった。「お父さんがあんまりかわいがって甘やかすから、あんな息子になった」と義母から年中言われていた。それでも、義父は雅実とふたりきりの時、「あんな息子だけど、我慢してな」と、そっと声をかけてくれた。

夫婦とは、子どものこと、将来のことなど話し合っていくものと夢想していた。けれど、なにか言ったり、訊いたりしても、決まって拒否された。夫の仕事についても、くわしくは知らなかった。なにを言っても無駄なような気がして、雅実はだんだんと口数が少なくなっていった。自分が、嫌な女になっていくような気がした。自己嫌悪に陥ることもあった。そんな時、無性に母に会いたくなって、藤崎の機嫌のよい時を見計らい、「実家に帰ってきてもいい?」と訊いた。すると、「おまえの家はここだ!!」と怒鳴られてしまった。ああ、わたしにかわい気がないんだ、と思った。夫は、このうちこそがおまえの家だと言ってくれている。甘え上手でない自分がいけないいんだ。

しかし、それが単なる勘違いであることを間もなく知った。夫に、「洗面所のタオルが臭いぞ!」と激しく叱られた。「さっき替えたばっかり……」言い終わらないうちに顔を二、三回殴られた。いや、四回だったかも。ショックで、よく分からない。両親に助けを求めると、義母がすごい形相で、「殴られても仕方ないこと言ったんだろ!!」と怒鳴られた。顔は青く腫れ上がり、四日間くらい視野の下半分が真っ暗で見えなかった。

それ以来また殴られるのが怖くて、口答えしなくなった。自分の家どころではない、ここには自分の居場所などないんだとつくづく思い知らされた。結婚して一年、「借金と不倫はないから、我慢するしかないのかな」雅実は心の中で母に訊いていた。

妊娠の気配がないことも、雅実を居づらくさせた。かといって、クルマで二十分ほどの距離にある実家に帰るのも許されない。

そうした状況の中、雅実の身体にも少しずつ変化が表れた。胃の痛み、頭痛、めまい……。

「外出する時にはサングラスが必要になっていました。オシャレのためとか、陽射しが眩しいからではなく、道往《ゆ》く人の目が怖かったんです。今でも、外を歩く時はついサングラスをしてしまいます」

雅実の言葉に、隅田川の河畔で彼女に会った時のサングラス姿についてリコは納得する。

「今この瞬間もおふたりの視線が怖いです」

うつむいたままで雅実が言う。

確かに尚江の目は怖いかも、とリコは思う。すると、こちらの考えを察知したかのように、尚江に睨まれた。やっぱコワ。

「〝暴力、借金、不倫さえなければいい〟と母からは言われました」雅実がひそひそと話し続ける。「わたしは、夫から暴力を振るわれた。でも、まだ先があったんです」

雅実の心と身体はどんどん追い詰められていった。ついには夫の声を耳にしただけで震え上がるようになった。ある日、いつものように廊下の拭き掃除をしていたら、がぼっと、どす黒い血の塊を吐いてしまった。これがどんな意味の吐血なのか、家族の誰も気づいてくれなかった。いや、ひとり気遣ってくれる人がいた。「廊下を汚して！」と嘆く義母の向こうで、義父が申し訳なさそうな顔をしていた。

殺されてもいいから、藤崎に離婚を切り出そうと決心した。そうでなくても、ヘビの生殺しのように自分は弱って死ぬだろう。

すると、夫に借金があることが判明した。夫の事業については、スーパーのレジ袋に代表される、ポリ袋に社名を印刷する仕事ということくらいしか知らなかった。それが、今後予定されるレジ袋の有料化にともない仕事が激減し、印刷機の支払いも滞っていた。

「どうして教えてくれなかったの？」と言う雅実に、藤崎は、「おまえには関係ない！」の一点張りだった。

借金がある以上、逃げるわけにはいかない。「夫婦でゼロからやり直せばいいじゃない」そう、今度こそ本当の夫婦になれればと、雅実は開き直った。「ないカネをどうするっていうんだ⁉」怒声を浴びせられたが、雅実は引き下がらなかった。「わたしも働く！」

雅実が決心した時、夫に女がいることが分かった。十人いた会社の従業員を全員解雇したのに、経理を任せていたその女性事務員だけは雇い続けていた。

結婚して三年。〝暴力、借金、不倫さえなければいい〟その言葉が虚しく響いた。

藤崎と義父母に、離婚したいことを告げた。「雅実さんを自由にしてやれ」と義父が言ってくれた。借金は折半ということになった。

「えー、そんな！」

と雅実の話を聞いていたリコは、思わず声を上げてしまう。

「だってそれ、前のご主人が勝手にした借金ですよね！」

自分が涙目になっているのが分かる。尚江がこちらの顔を覗き込んできたので、慌ててそっぽを向いた。

尚江がにやりとしてから、ゆっくりと発言する。

「遊興や趣味の目的でつくった借金は、借りた本人がすべて返済する義務がある。でもね、生活費に充当するための借金は夫婦に返済義務があるの」

それでも納得がいかないリコは、「だけど……」とさらに言い募ろうとした。

すると、雅実が口を開いた。

「すべて受け入れてもいいから、別離《わか》れたかったんです」

雅実の分の借金は一千四百万円。利息を含めて二千万円近くに及んだ。三年間一度も顔を出さなかった実家に帰ると、母はなにも言わず、雅実を迎え入れてくれた。なにもかも見通しているかのように。あるいは、自分が告げた言葉――「暴力、借金、不倫さえなければいいの」が、呪文のように娘を縛り付けてしまったことを後悔しているのかもしれなかった。だが、一方でこうも言われた。「自分でしでかしたことは、自分で責任を取らないとね」それは優しくも、厳しくも、冷たいとも感じられる言葉だった。確かに結婚を決めたのは自分なのだから。

心身ともにぼろぼろになっていた雅実は入院した。医師には、「どうして、こんなになるまで放っておいたんですか」と呆れられた。心身症と診断された。対人恐怖症だと。眠れない、しゃべれない、胸には大きな石を載せられているような圧迫感があった。虚しく時が流れていく。現に借金返済を迫られているのだ。こうして、ただ病室で横になっていると、焦りで心が炙られるようだ。一ヵ月が過ぎる頃、医師に退院の許可を申し出た。「病気は治っていないんですよ」渋い顔をする医師に、事情をすべて話す。

すると「あなたはそれでいいんですか？　やっていけるんですか？」と問われた。自信はない。だが、やるしかないのだ。無理やり退院許可をもらった。

雅実は東京を目指した。田舎で、保育士に戻っても借金は返せない。では、なにをすればいい？　東京に住む友人に訊いてみた。女で一番おカネが稼げる仕事はなにかを。

「水商売かな」と彼女が言った。それほど親しい仲ではなかった。けれど、在京の知人といえば彼女しか思いつかず、ワラにもすがる気持ちで電話したのだ。「あんた顔立ちがいいから、水商売向きかもよ。化粧映えしそうだし」そして彼女がさらにこう付け足した。「あとは家政婦とか」

「水商売だと、衣装代や髪のセット代がかかります。でも、家政婦ならエプロン一枚で勝負できるって思ったんです」

声は小さいが、雅実が再びきっぱりと決意を述べた。

「それで、家政婦なのですね？」

リコが言うと、彼女が頷く。家政婦をする――その考えだけは、揺るがないらしい。まるで生きるすべを懸けているようでもあった。この仕事こそが、困難を乗り越える道筋であると。

「だけど、住み込みで家政婦の求人はないのよね」

と尚江。

三人で押し黙ってしまう。

「夫婦で、寮やマンションの住み込み管理をするような仕事ならあるんだけど」

と尚江がひとり言のように、さっき述べたことをまた繰り返した。

それを聞いて、リコははっとなる。

「寮！」

突拍子もない声を上げた自分を、尚江が横眼で軽く睨む。

「寮がどうしたのよ？」

「寮のある家政婦紹介所だったらどうでしょう？」

リコの提案に、カウンター越しに雅実が喜色を浮かべた。

尚江から、「あたってみて」と素早く指示が飛び、リコは端末で検索する。

「ありました！」

三人で顔を見交わす。

「ここから一番近いところだと、区内の愛川《あいかわ》家政婦紹介所になります」

「ぜひ、お願いします。遠くだと電車賃がもったいないので」

雅実がすがるように言う。前髪の間から、横に大きな目がしっかりとこちらをとらえていた。

「これから面接してくれるかどうか、電話してみますね」

家政婦の人手が足りていないとのことで、愛川家政婦紹介所ではすぐにでも面接したいらしい。ハローワークの紹介状を手に立ち上がった雅実は、サングラスを掛けてフロアを出ていく。

「あたくしね、前に上野にあるハローワークにいたんだけどさ、ああいう人がよく来てた」

尚江が、リュックを背負い、キャリーバッグを引いて廊下へと出ていく彼女の後ろ姿を見つめていた。

「西岡さんのような人っていうことですか？」

「ってゆーか、大きな荷物を持ってる人ってこと。上野公園で生活してる人だと思う。中には夫婦で来る人も。ハローワークはさ、冬は暖房、夏は冷房が入るでしょ。だけど、なにも用がなくては、いることはできない。だから、来所者端末を使う振りをする」彼女がため息をついた。「管轄内に山谷《さんや》地区があって、独特な雰囲気があったな。お客さん同士がけんかをしたり」

リコは急に無力感に襲われる。やっぱ、ハローワークって暗いとこだよな。あとハローワークのイメージっていったら、雇用保険の基本手当の給付を受けるための場所だ。リコ自身そう思っていた。なんだか暗い感じがして、行きたくない場所だと。しかし、そこから目を逸らすように言う。

「西岡さん、大丈夫でしょうか？」

「家政婦さんが足りていないっていうことだし、きっと採用してもらえるでしょうよ」

と尚江があっさりと返した。

「体調が心配です。まだ対人恐怖症が完治したわけじゃないのに、務まるんでしょうか、家政婦さんの仕事が」

するとと尚江がにやりとした。

「自分のこと思い出すな」

「え？」

「あたくしね、この仕事を始める前、離婚して落ち込んでたんだ」

と意外な話を始める。彼女には、今年社会人になったばかりの長女——つまりはリコと同じ齢である——と、その二つ下で大学生のふたりの娘がいることは知っていた。だが、離婚については知らなかった。

「暴力ですか？　それとも、借金？　不倫？」

リコが言うと、尚江が薄《う》っすら笑った。

「そのどれでもない。いわゆる性格の不一致ってやつ。でもね、一生添い遂げるつもりで結婚したわけでしょ。ふさぎ込んでしまってね」

尚江にそんな過去があったとは……意外だ。

「それでも生活しなくちゃならないから、配達の仕事をしたり、ベビーシッターをしたりしていた。配達の仕事は、何歳まで続けられるか分からない。ベビーシッターは、お母さんが帰ってくるとお役御免になるんだけど、ほかの仕事を入れようにも予定が立たない」彼女の切れ長の目が、遠くを見つめていた。「その時ね、思い直したの。自分ができる仕事じゃなくて、したい仕事はなにかって」

「したい仕事——」

「そう」尚江が頷く。「あたくしは、人とかかわることが好きなんだって思った。だから勉強してキャリコンの資格取って、今の仕事を始めたの」

確かに彼女には就職支援ナビゲーターの仕事が合っている、とリコは感じる。多少厳しめの口調も相手を叱咤激励《しったげきれい》するようで、尚江の持ち味だ。

「さっきの西岡さんもそうなんじゃないかな」

「西岡さんが？」

尚江が再び頷く。

「彼女、〝エプロン一枚で勝負できる〟っていうだけでなく、家政婦という仕事がしたいんだと思う」

「確かに西岡さんは、〝子どもやお年寄りの世話をする仕事が自分に合っている〟と話してました」

「あたくしの経験から言うんだけど、仕事は人を元気にさせる。人の役に立ってるって、充実感があるから。西岡さんもきっと、仕事をする中で恢復《かいふく》していくんじゃないかな」

仕事が人を元気にさせる——そんな考え方もあるのか。だとしたら、ハローワークは元気を紹介する場所ってことになる。

「ところで、マンマミーアちゃんは、この仕事に向いてるみたいね」

「マ、マンマミーアって……」

「ガッキーが、あなたをそう呼んでたから」

まったく、あいつめ！

「ともかく、この仕事に一番必要なのって、求職者の方の心に寄り添うってことなの。あなた、さっき西岡さんの話を聞いて涙目になってたでしょ」

やっぱり見られてたか。そういえばトーカツの話にもあったよな、「求職者がいったいどのように動きたがっているのか、それを知ったうえで相手に寄り添う」って。

3

プロパー職員に対して非常勤職員は、ざっくり「相談員さん」「支援員さん」と呼ばれている。相談員は就職支援ナビゲーターを指し、支援員はそのほかを意味する。かつて、バブル崩壊後に求人が減った。ハローワークでは、事業所を回って求人を探す対処を行った。この際に求人開拓推進員という非常勤職員を多く引き入れた。現在は、これに代わって質の高い求人を得ようと事業所を訪問する求人支援員がいる。支援員とは、この求人支援員や事務の補助を行う非常勤職員である。

尚江は「あたくしは、公務員じゃありませんので。原則一年更新の非常勤職員」とか「自分も不安定なのに、仕事を探す人の就職を支援する――。それが、あたくしたち相談員の渡世」とか、自虐的な口振りで非常勤職員である自分の立場を語っていた。だが、同一労働同一賃金を率先して行う立場にある厚生労働省の管轄下にある以上は無下にはされていない。彼女らがキャリコンと略して呼ぶキャリアコンサルティング技能士などの国家資格を有する相談員は、使命感を持って任に当たっていた。リコは、そんな相談員たちのもとで研修中の身である。研修する部署は二ヵ月ごとに変わる。そうして最初に自分の指導に当たったのが、職業相談第一部門に所属する尚江だ。

「えー、平尾さんは、婚約中なんですか⁉」

リコは思わず声を上げてしまう。

「はあ」

驚いているリコを見て、逆に戸惑っているようだった。

会社を辞めたいのだが、次にどんな仕事をしたらよいのか分からないという平尾は、この二ヵ月の間に何度かアズマに来ていた。有給休暇を使ってやってくるのだろうか？

そのわりにはいつもスーツ姿である。相談員として自分を指名してくれるからには力になりたいと、リコはそのたびに求人紹介するのだが、どれも平尾は乗り気でない。そんな彼の口から今日になって飛び出したのが、婚約中であるという新事実だったのだ。

「で、相変わらず、平尾さんは会社を辞めることを考えていらっしゃるんですよね？」

リコの言葉に彼が頷く。

「婚約中にもかかわらず、ですよね？」

重ねて確認するリコに対して、再びしっかりと頷いた平尾が口を開いた。

「婚約したからこそ、ずっとこのままでいいのかと考えるようになったんです」彼が軽く咳払いする。「婚約した僕は、毎日を浮き浮きと過ごしていました。けれど、こんな中途半端なまま結婚するのは、相手に失礼じゃないかって思い直したんです」

「なるほど」と応じたのは、隣にいる尚江だった。そのあとで、こんなことを言いだす。

「会社を辞める気持ちが芽生えると、退職後のことばかり考えてしまって、仕事がおざなりになる人が多いようよ。分からなくはないけどね」

それに対して、平尾が憤慨する。

「辞めるのを決めたからって、僕は仕事をいいかげんに済ませたりしません！」

尚江の隣で、リコはびっくりする。これまで、平尾が感情的になるようなことはなかったからだ。

「まあ、落ち着いて」と尚江がなだめにかかる。「あたくしが言いたいのはね、将来に備えるための大切な時期だから、とにかく自分を優先してってこと。それに、どのような働き方をするかで、退職後のおカネの受領額が、変わってしまうってことなの」

それを聞いた平尾のテンションが一気に下がる。

「退職後のおカネ……ですか？」

「そう」

と尚江が頷く。

「辞めるのは、できればボーナスをもらってからにしたいものよね。たとえば、十二月のボーナスをもらってからということになると――」

「十二月って、そんな先まで僕は会社にいるつもりは……」

そう口出ししようとするのを、「黙って聞く！」と、尚江がぴしゃりと跳ねつけた。

「会社を辞めるっていうのはね、事前準備が大切なのよ。いい？」

「はい」

平尾がかしこまる。

「十二月のボーナスをもらってから辞めるとなると、それまでの働き方が肝心。今は五月末。先月と今月は平尾さん、残業した？」

「はい。それなりに忙しいんで」

すると尚江が、赤いメガネフレームの上で眉をひそめた。

「ダメじゃないの、あなた」

「ダメって……」

平尾がしどろもどろになる。

「なるべく残業しないような働き方をしてちょうだい。有給休暇も、今のうちに取れるだけ取っちゃって」

「手を抜いて働けということですか⁉」

平尾がまたむきになる。

「手を抜けなんて言ってない。効率よく働いたら、と提案しているの。これまでは、得てして会社優先だったはず。退職すると腹を決めたことで、はじめて仕事とプライベートのバランスが取れるようになったんじゃないかしら。あなた、働き方改革をご存じない？」

働く人の視点に立って労働制度を改革し、ワークライフバランスの実現や労働生産性の改善を促す働き方改革関連法（正式名は『働き方改革を推進するための関係法律の整備に関する法律』）が二〇一八年の通常国会で成立。多様で柔軟な働き方を選択できる社会の実現に向けた、政府の取り組みである。

押し黙ってしまった平尾に向けて、尚江がさらに言う。

「一方で、雇用保険の基本手当は退職前の六ヵ月の給与の額で決まる仕組みよ。七月から退職予定の十二月までの半年間は、残業をしまくって」

平尾がぱっと顔を上げる。

「残業してもいいんですか？」

「ガンガン残業して、給与の額を少しでも多くするの」

「なるほど」

「そうした段取りの末、めでたく本年十二月末に退職」

「めでたくって、そうなんですか？」

平尾が狼狽している。

「だって、あなたは会社を辞めたいんでしょ？」

「ええ、まあ……」

「はい、順調に退職日を迎えることができました」

「〝順調〟って言葉に、わだかまりを感じるよなあ」

リコは思った。尚江は、彼の心に揺さぶりをかけているのだと。そうやって、彼がどう動こうとしているのかを知ろうとしている。

「退職日には、会社から貸与されているものを返却し、退職後の手続きに必要なものを受け取らなければならない。返すものとしては社員証や定期券ね。あ、定期がなくなると、どこに行くのも当然のこと交通費がかかるわね。これ、ばかにならないから」

尚江がそこでまた、ちくりと念を押す。もしかしたら、ベテラン就職支援ナビゲーターの彼女にはもう分かっているのかもしれない、平尾がどう動きたいのかが――。

「受け取るもののひとつが離職票ね。離職票とは、会社を退職したことを証明するための書類で、ハローワークで基本手当を受ける手続きをする時に必要なの。それから雇用保険の加入者であることを証明する雇用被保険者証も受け取らないとね。これも基本手当の受給手続きの時に必要よ。源泉徴収票も受け取るけど、これは自分で確定申告をする時に必要なもの。会社員の時は、税金の払い過ぎは会社が年末調整してくれていたのでなんの問題もなかった。けど退職したら、自分で確定申告することで、払い過ぎていた税金を取り戻さないと。それから基本手当は、退職後の生活を支えてくれる大切なおカネだけど、ハローワークで手続きしなければ受け取ることができない」

そこで尚江が、リコのことを顎《あご》で示した。

「ちなみに、こちらにいるマンマミーアちゃんは、国家公務員なので基本手当が受けられません」

「え、そうなんですか⁉」

と再び平尾が驚きの声を上げる。

そうなのだ。国家公務員や地方公務員は、雇用保険法の適用の対象外となっているため、公務員を退職しても基本手当を受けることができない。

「はい、繰り返すけどいい？　自分から手続きしにいかなければ、基本手当は受け取れないんだからね。役所からなにか連絡があるわけじゃないのよ。それから、自己都合退職の場合、三ヵ月間は基本手当を受けられない給付制限期間があるので」

「そうやって、大変だ、面倒臭いことになるぞって脅して、会社を辞めさせないようにしてるんですよね」平尾がすねたような目で見返してくる。「会社員という立場がいかに恵まれているかを説いたのも、僕が退職しなければ税金を納め続けるからだ。逆に退職すれば、そちらが基本手当を払わなければならなくなるわけだし」

今度は平尾の顔が「どうだそのとおりだろう」と勝ち誇ったようになる。

「だいたい今の会社を辞めた時点で、どうして僕が無職になるって決めつけるんですか？」

「だって、あなた、自分がなにをしたいのか分からないって言うんですもの」

「え？」

「あなたの目的といえば、会社を辞めるということだけ」

「僕は今の会社に就職した直後から、転職を意識して、わくわくしながらさまざまな勉強をしてきました。いろんな勉強会に参加したり、地域の日本語教室ボランティアに参加したり。しかし、就職してから十年近くが経過したというのに、いまだに職場を飛び出せないでいる。そんな勇気のない自分に失望しています。しかし、婚約したこともあって、ずっとこのままでいいのかと考えるようになりました」

そこで、リコは発言する。

「平尾さんがお勤めになられているのは、インターネットを中心とした工場向けネットワークサービスの会社でしたね」

「はい。メーカーの購買部門や技術開発部門が、必要部品の発注をするうえで最適な工場を見つけられる検索エンジンを展開しています。そうやって、当社の会員である中小工場とメーカーの橋渡しをしているんです。僕はエンジニアです」

エンジニアを名乗る彼の表情は、誇らしげだ。

リコは訊いてみる。

「平尾さんが参加しているのは、どんな勉強会ですか？」

「製造業の世界は、さまざまな専門分野があります。金型をつくってる会社は型屋、合成樹脂成形加工はプラスチック屋とかプラ屋、切削《せっさく》加工は削り屋、ほかにもネジ屋、鋳《い》物《もの》屋と多岐にわたります。うちは、そうした会員工場さまから依頼を受けて、ホームページ制作も行います。ですから、新しい技術を学ぶ必要があるんです。そのために必要な勉強会に参加しています」

さらにリコは尋ねる。

「では、日本語教室ボランティアというのは？」

「工場にはアジアからの留学生も多いので、彼らとのコミュニケーションツールと思って」

そこで神林の言葉を思い出す「求職者がいったいどのように動きたがっているのか、それを知ったうえで相手に寄り添う。我々の仕事とはそういうものだ」――では平尾は、どう動きたがっているのか？　自分にもやっと理解できた。きっと平尾は、自分自身も、ど、う、動、き、た、い、の、か、が、分、か、ら、な、い、で、い、る、のだ。尚江はとっくに察したうえで、彼の心をゆさゆさと動かしていた。その向こうにあるものを知るために。

「ボランティアなんて言いながら、留学生たちと交流することで僕のほうが学ばせてもらってるんですけど」

平尾の言葉に、リコは、「すごい」と感嘆のため息をもらす。彼自身が、どう動きたいのか分からずにいるのが、リコにも理解できた。自分も尚江と同様に、平尾の無意識下の真意に近づこう。それを知ったうえで、彼に寄り添うのだ。

「すごいと思います」

もう一度リコは言う。

「そう……ですかね。ただ、転職のために、自分にできることを増やしたいだけなんですよ。今日も、有給を使って工場見学をした帰りなんです。あ、ここに来る時はいつもそうでした」

「ほんとにすごいです」

リコの声に励まされるように、彼も話し続ける。

「あくまで転職のためなんですよ。だから、その帰りにこうやってハローワークに寄ってるわけで……。今の仕事そのものに不満はないんです。しかし、もっと自分にできること、やりたいことがあるはずなんです」

「平尾さんには努力する才能があります。だから学ぶことが少しも苦にならないんですよ」

「努力する才能ですか？」

リコは頷く。

「平尾さんが今のご自身に満足していないのは、きっと人一倍、向上心が旺盛だからです。〝もっと〟〝もっと〟と思うモチベーションが強くて、それが〝自分はこんなものではない。もっと自分を活かせる仕事があるはずだ〟という焦りをかき立ててしまっているのでは？　今の仕事に不満がないというのは、平尾さんの向上心が許さないんです。

だから、いまだに分からないという自分のやりたい仕事を見つけようとしている」

平尾が真っ直ぐにこちらに視線を送ってくる。やはりそうだ、本当は彼は今の仕事を辞めたくはないんだ！

「平尾さんは、就職した直後から転職を意識したとおっしゃいました。でも実は、就職した直後から意識したのは、今の仕事が天職だという思いだったのではないでしょうか」

「転職ではなく天職……」

彼が絶句した。

リコは頷き返す。

「だからこそ、わくわくしながら仕事に関係することを学ぼうとしているんです。さっきナビの辺見が、〝会社を辞める気持ちが芽生えると、退職後のことばかり考えてしまって、仕事がおざなりになる人が多い〟と指摘しました。すると、いつも穏やかな平尾さんが、〝僕は仕事をいいかげんに済ませたりしません！〟と立腹されたので、びっくりしました。やはり辺見が、〝なるべく残業をしないような働き方をしてちょうだい〟と提案したら、〝手を抜いて働けということですか!?〟と、ここでも感情的になりましたよね」

平尾の顔が赤くなる。

「辺見に〝残業をしまくって〟と言われれば、嬉しそうな表情をされていました。これって、今の仕事が好きだからではないですか？」

「今の仕事が好きだなんて、考えたこともなかった」

そう呟く彼に向かって、リコはさらに言う。

「では、こう考えてはいかがでしょう？　それがなんなのかは分からない、やりたい仕事を見つけるよりも、自分に向いている今の仕事を楽しんでは、と」

「楽しむですか？」

「そう、仕事を楽しむんです」

そんな言葉を発しながら、自分は始めたばかりのこの仕事を楽しんでいるだろうか？　とリコは思うのだ。そもそもハローワークとは、悩める人がやってくる場所じゃないか。楽しむなんて無縁だ。

「ありがとう」

と平尾に言われ、小さく驚く。彼は笑っていた。ハローワークにやってきた彼が初めて見せる笑顔だった。

「自分の仕事を楽しむなんて、考えたこともなかったな」

尚江が無言でリコのほうを見つめていた。その顔は、グッジョブと言ってくれているようである。


翌日、思いもかけない人がやってきた。

「西岡さん！」

「こんにちは」

二ヵ月振りに現れた雅実はサングラスを掛けていなかったし、大きな荷物を携えてもいなかった。

「こちらに伺ったあと、その日のうちに愛川家政婦紹介所の寮に入ることができました」

かつての家政婦寮は、畳が赤茶けた十五畳ほどの大部屋で、布団の入った押し入れを開けるとカビの臭いがぷーんと漂ったという。布団は決められておらず、厚みのあるものからなくなっていったとか。それは案内してくれた事務員に聞いた話で、現在は冷暖房付きの個室にベッドが置かれていた。部屋に荷物を置くと、そのままリビングのような広間に連れていかれる。オフらしい家政婦が四～五人、思い思いに寛いでいた。果物を頬張っている人、話に夢中になっている人、ごろりと横になっている人もいる。

年配の事務員に紹介されたあと、雅実は、「よろしくお願いします」と頭を下げた。彼女らは、「は～い」と上の空で返事をしただけで、こちらを見ようともしなかった。どうしていいか分からず、雅実は隅で小さくなっていた。キッチンは共同で、続きにあるこのリビングにオフの家政婦が集うのが暗黙の了解なのだと、のちになって知る。

さっそく翌日から雅実は仕事に出るようになった。朝、紹介所から派遣先の簡単な地図が渡される。それを頼りに向かうしかない。雅実はスマホを持っていなかった。結婚する際に、「ずっと家にいるんだから、必要ない」と藤崎に解約させられたのだ。

初日から道に迷い、時間内に着けなくて泣きそうになった。病気は完治していない。身体のふらつきや不安感が残っていて、利用者にそれがばれないかと冷や冷やしながら必死で働いた。

初めのうちは、日帰りや短い時間の利用が多かった。仕事の出来、不出来を試されているのだなと感じた。寮に帰ると、先輩たちのいじめが待っていた。陰口を言われたり、キッチンを使わせてくれなかったりする。新入りの自分をかばってくれたのは、アラフォーの真琴《まこと》だった。宝塚の男役のようにボーイッシュな容姿で、スポーティーな服装をしている。仕事がもらえるかもらえないか足の引っ張り合いのこの世界にあって、ひとり超然としていた。彼女だけはリビングに現れることはなく、「あそこに顔を出してるのは、仕事にあぶれてる連中だよ。あんなのに混じっちゃいけない。できるだけ利用者さんのリピーターを増やすこと。そしたら、寮にいる時間が短くなるんだからね」と雅実を諭した。

利用者宅に向かう時には、まだサングラスを掛けていた。しかし仕事に入れば、どんなにきつくても夢中になれた。

ある日、会社員宅に派遣された。若い夫婦と幼い男の子の三人家族である。別棟に、その会社員の両親が住んでいた。妊娠中の妻に流産のおそれがあり、安静にさせるため家政婦を雇ったのだ。掃除、洗濯、炊事、子どもの世話、庭の雑草取りと仕事に追われた。思えば、子どもの世話がないだけで、あとは藤崎の家で毎日していたことと同じではないか。それなのにおカネがもらえる。それがありがたかった。やがて時間が迫り、ああ今日もやっと終わるとほっとした時だ、帰宅した会社員に、「両親の家もやってね」

と当然のごとく言われた。「二軒分とは聞いてませんが」と口に出そうになったが、ぐっと呑み込む。「はい!」と返事した。

老妻が半身不随ということで、両親宅は汚れ方がハンパない。床には油や汁物の染み、ご飯粒がこびりついてなかなか取れない。部屋には綿ぼこりが積もっていた。約束の時間はとっくに過ぎていたが、「よし、こうなったら徹底的にやってやる!」と決心した。

どの部屋も見違えるようにきれいになると、満足感と爽快感に満たされていた。

「安月給なんでね、そう頻繁には頼めないけど、ぜひまたきみにお願いするよ」雇われた会社員にそう言われ、本当に嬉しかった。帰り道は、サングラスを掛けていなかった。いつもなら、陽が落ちてもサングラスが必要だったのに。

寮に戻ると、真琴にそれを報告した。彼女には、自分の病気のことも素直に話せた。「あんた、もう立ち直ってるよ」と真琴に言われ、目からこぼれ落ちるものがあった。喜びの涙だった。しかし、依頼人の両親宅を掃除した際に毒虫にやられたのか、庭の草取りでかぶれたのか全身に湿疹ができ、一週間くらい悩まされた。とんだオマケ付きだったが、芽生えた前向きな気持ちに変わりなかった。

真琴とはどんどん打ち解けていった。十歳近く上だったが年齢差を感じさせない、魅力的な女性だった。ある晩、雅実の部屋で一緒にビールを飲んでいた。久し振りのアルコールだったし、仕事で疲れて眠ってしまいそうになる。そしたら、いきなり真琴がキスしてきた。眠気交じりでぼんやりしていた雅実だったが、次の瞬間、驚いて困惑した。その表情を見て、受け入れられないことを彼女は悟ったのだろう。部屋を出ていった。失いたくない、頼れる齢上の友。しかし、間もなく彼女は愛川家政婦紹介所を辞めてしまった。

唯一の味方を失っても、もはや雅実は恐れを抱かなくなっていた。寮の先輩らなど、歯牙にもかけない。

雅実はすべてを包み隠さず、尚江とリコに話した。

「一度派遣された先から指名が来れば、なにより嬉しいです。自分が認められたような気がして」

目の前の彼女がそう言うのを聞いて、リコも納得する。あたしも、職業相談員として指名されることが嬉しい。

利用者から家政婦の指名が入る――その繰り返しが、ますます雅実の気持ちを強くした。そして自分が、子どもや年寄りの世話が好きだったのを思い出した。

「家政婦は、わたしの天職かもしれません」

その表情は生き生きしている。声もしっかりしていた。まさに、仕事が彼女を元気にしたのだ。

しかし次のひと言が、リコを驚かせる。

「たった二ヵ月なのに、いろんなことがありました。そして、たった二ヵ月でこんなことは申し上げにくいのですが、新しい仕事を紹介していただきたいんです」

「え、だけど西岡さんは今、家政婦が天職だと」

「はい」真っ直ぐにこちらを見返していた。「確かに今の仕事は楽しいし、やりがいもあります。でも、わたしが抱えている二千万円という借金は、あまりに大きいです。家政婦を続けるにしても、もっとお給料のよいところに移りたいんです」

「さがしてあげなさいな、マンマミーアちゃん」と尚江が赤い眼鏡フレームの奥から鋭い視線を投げかけてきた。「まずは、住み込みの家政婦で検索するのよ」

「しかし、それがなくて、寮付きの家政婦紹介所に……」

と言い返したら、「仲介料を取られる家政婦紹介所でなく、ダイレクトに雇い入れるところがいいわ。ハローワークの求人更新のタイミングは、ほぼリアルタイム──正確には三十分ごとだけどね。つまり、求人受理担当が新規求人を入力後三十分以内にインターネットおよびハローワーク内の端末で検索、表示することが可能なの。その求人数は日本一といってよいのよ。二ヵ月前になかった住み込み家政婦の求人だって、今はあるかもしれないじゃないの。でも全国の求職者が見ているのだから、早い者勝ち。とっとと検索しなっさい！」

「はい」

返事するが早いか、リコは職員端末に当たる。そして——。

「ありました!!」

「ほんとにあったの!?」

こっちに指示しておきながら、尚江のほうが驚いた声を上げていた。

カウンターの向こうで雅実が、期待で腰を浮かせる。

しかし、職員端末のモニターを見つめながらリコはうろたえていた。

「でも、この〈特例非公開求人〉てなんですか？」

第二章　シニア応援コーナー

1

「ちょ、待《ま》……」高垣がひどく慌てていた。「俺が同行するんですか!?」

「ああ」と神林が頷く。「マンマミーア君だけで行かせるのは心もとないしな」

マンマミーアって、いつの間にかトーカツまで……。リコは、三階の庶務課に戻っていた。

「しかし、特例非公開求人って、ほんとにあるんですね」

高垣がそんな感想をもらす。

自宅のパソコンでも、来所者端末でも、ハローワークのホームページ『ハローワークインターネットサービス』を利用して求人検索を行うことができる。ただし、職員端末でなければ閲覧できないのが非公開求人だ。なかでも採用に関してなど求人側の特別な要望が織り込まれているのが、特例非公開求人である。

めったにない特例非公開求人だが、今回の求人先は個人宅だった。住み込みのお手伝いさんを募集しているのである。ハローワークに直接来所し、面接希望を申し入れた求職者にのみ詳細が伝えられるようになっていた。家政婦を雇えるような裕福な家であることが分かってしまい、防犯の観点からも非公開の扱いになっている。

なお、この特例非公開求人については面接の際ハローワーク職員が同行するように、と求人側からの希望が備考欄に記載されてもいる。窓口相談業務のある尚江に代わって——というよりも、雅実がそれを希望したのだが——面接にはリコが同行することになった。雅実は、吾妻橋のたもとで偶然出会い、愛川家政婦紹介所で働くきっかけとなったリコに対して、信頼というか縁を感じてくれているようだ。

「で、さらに俺もなわけですね」

高垣に向け、神林が再び頷く。

「この際だガッキー、めったにない特例非公開求人というものを、きみも経験しておくといいだろう」

ガッキーにマンマミーアなわけね……と、ため息まじりにリコは心の中でぼやく。マンマミーアをググってみると、イタリア語で元の意味は〝わたしのお母さん〟。で、どういうふうに使われてるかというと、英語の〝ｏｈ ｍｙ Ｇｏｄ！〟である。つまり、あたしは、みんなから〝なんてこった！〟と感嘆詞で呼ばれてるわけだ。

すねつつもリコは、自分のロッカーからビジネストートを出すと肩に掛けた。

特例非公開求人の求人先は、目黒区内の高級住宅地にあるタワーマンションの居住者だった。雅実、高垣とともにそこへと向かう。

尚江が先方に電話したところ、「これからすぐに来い」と有無を言わせぬ調子で指示されたらしい。「なかなかの難物《なんぶつ》という感じだったわよ」と尚江が顔をしかめていた。

オートロックとコンシェルジュのいるエントランスホールを抜け、エレベーターで三十二階まで上がる。部屋の前まで来ると高垣に顎で促され、リコはドアホンを押した。間もなく内側からドアが開かれ、四十代のスーツ姿の男性が姿を現す。

高垣が彼に向けて、「ハローワーク吾妻から参りました」と、改めて告げる。先ほど、オートロックを開錠してもらう際にも名乗っていた。

「三名さまですね」

礼儀正しく彼が言うと、玄関脇にある収納扉を開いてスリッパを三つ出して並べてくれた。

この人が難物？　なわけないよな……。そう考えながら、男性のあとについて廊下の奥へと進んでいく。

突き当たりの、すりガラスのドアを彼が開くと、そこは採光のよい広いリビングだった。壁一面が大きな窓で、リコは外の風景が見たくてそちらに走り寄りたくなる。「ワア〜」と歓声を上げながら。だが、もちろん控えておく。すると、高垣がこちらの考えていることを察したように、にやりとした。リコは視線を逸らしつつ「そもじは、なかなかに勘が鋭いの」と声に出さず呟く。

だが次の瞬間、緊張で背筋が伸びた。部屋の中央に置かれた応接ソファに座り、こちらにじっと視線を送っている人物に気がついたからだ。後ろに撫でつけた白髪、広く秀《ひい》でた額、射すくめるような眼光、引き結んだ口もと、齢は八十代半ばくらいだろうか。

——もはや間違いなかった、この人こそが難物にほかならない。

「相談役」と、先ほどの礼儀正しい男性が、難物に声をかける。「ハローワークからいらした方々です」

それを機に、高垣が先頭になり三人で部屋の中央へと向かった。高垣がリーダーシップを執るのは立場上当然だが、それなら雅実の担当は自分だ。

「こちらが面接を希望されている西岡雅実さんです」

と率先して紹介する。自分を頼ってくれている彼女の力になりたいのだ。

すると隣にいる雅実が、「西岡でございます」深々とお辞儀した。

難物老人はひと言も発せずに、雅実を見ている。しばらくして、視線を動かさないいま、「小川《おがわ》、もう社に戻っていいぞ」と指示を飛ばした。

小川が、「失礼いたします」とやはり礼儀正しく応じ、その場を辞す。

「阿久津《あくつ》だ」突然、ソファにいる老人が雅実に向けて言葉を放った。「これまで雇った家政婦は、みんな役に立たないんでクビにした。家政婦紹介所を幾つも替えたが、どこもろくなのを紹介してこない。それで直接、職安に求人を出したんだ」

ハローワークとは愛称である。旧労働省が一九八九年に愛称を公募し、翌年から使われるようになった。いまだに正式名称は公共職業安定所だ。高垣もリコも職安の職員なのである。しかし、なかなか愛称というものが定着しないこの国にあって、ハローワークはしっかりと根づいた。アズマの建物にも、リコの名刺にも、〔ハローワーク吾妻〕という緑色のロゴはあっても、職安の文字はない。だが、この老人は〝職安〟と呼んだ。阿久津のいるソファの肘掛けには、杖が立て掛けられていた。どうやら足が不自由らしい。

「このマンションに住み込んでもらう」と彼が雅実に向けて言った。「すでに雇っている家政婦がひとりいる。紹介所の家政婦で、まあ、いつまで置いておくかわからんがな」

阿久津がいまいまし気に吐き捨て、さらに続けた。

「部屋はひとりにひとつ与える。私が使うバスルームとトイレのほかに、もうひとつバスとトイレがある。それをふたりで使え。休日は相談して、一週間に二日取れ。そのほか給料などの条件は求人票に書いてあるはずだ」

雅実が、「はい」と返事する。

求人票に記載されている報酬は破格だった。

「とにかく使ってみて、ダメなら辞めてもらう。それだけだ」阿久津がぎろりと雅実を見る。「あんたのほうはどうだね？」

「とおっしゃいますと？」

「やってみる気になったかね？」

それに対して、雅実がこんな話を始める。

「利用者さまの中には九十歳近い男性もおられました。ある日、お顔剃りをして差し上げたあと熱いタオルで顔を拭おうとしたら、いきなり抱きつかれてしまったんです。〝わたしは家政婦です！　ヘンな真似はしないでください！〟と少しきつく申し上げました。利用者さまは〝わしが悪かった。許してくれ〟と薄っすら涙を浮かべていました。その後、わたしに触れることはなく、許す気持ちになりました。この一件は、わたしに齢を取った方でも油断するな、気をつけろと教えてくれました。阿久津さまには、そうした心配はないと感じました」

するると、阿久津が白く太い眉を吊り上げた。

「無礼者!!」

大喝を浴びせる。

高垣もリコも、首をすくめてしまう。体勢を立て直したリコが「お待ちくだされ」と割って入るまでもなく、雅実はひるんではいなかった。毅然として対峙している。その様子を見て、阿久津が声を上げて笑った。

「面白いことを言うな。なぜそう思った？」

「写真です」と雅実が応える。「奥さまのお写真があるのに、そんなことはなさらないはずです」

応接セットが囲むガラストップのローテーブルのほかに、阿久津の座っているソファの傍らには、丸いサイドテーブルが置かれていた。そこには数冊の本が積まれているほか、ガラス製の小さなベル、電話とフォトフレームがある。おそらく、先ほど尚江がかけた電話を、阿久津はこの家電《いえでん》で受けたのだろう。そしてフォトフレームの中では、豊かな白髪が美しい年配の品のよい女性がほほ笑んでいる。

雅実の言葉を耳にして、阿久津がふと目を伏せた。だが、すぐにまた視線を上げる。

「さっき言ったとおりだ。こちらは、あんたをとりあえず使ってみるまでだ」

「よろしくお願いいたします」

雅実が再び丁寧にお辞儀した。

「あの、ひとつお伺いしたいことがあるのですが、よろしいでしょうか？」

そう口を開いたのはリコだった。阿久津が初めてこちらを見る。それまでは、雅実にしか視線を向けていなかった。ハローワークの職員など、存在していないかのような素振りである。

「求人票には、〔特別賞与の支給あり〕という記述が確認できます。これはいったい――」

「まさに特別賞与を支払うという意味だ」阿久津が、リコの言葉を遮るように即答した。「私の最期を看取ってほしい。その場合には、二千万円の特別賞与を支払う。その旨、遺言状を書いておこう。先ほどまでここにいた小川に託しておく」

二千万円！　それは、まさに雅実が欲しくてたまらない金額のはずだ。思わず高垣と顔を見合わせる。彼は目を丸くさせていた。雅実のほうに視線を向けると、彼女は微動だにしていない。表情も変わっていなかった。

「今言ったことは本当だ。証人になってもらうために、こうして職安のあんた方にも足を運んでもらったのだ」

そのための、職員も面接に同行せよだったわけか。

「ただし、だ」と阿久津がさらに言う。「すべては、きちんと勤め上げられたらの話だ。クビになれば、そこまでだ」

「承知いたしました」

雅実が静かに応える。

おもむろに阿久津が、サイドテーブルからガラスのベルを取り上げた。リーーンンンン……。ベルは小さいけれど、高く澄み切った音が響き渡った。

間もなく、「お呼びでしょうか」とエプロン姿の太った年配女性が現れた。どうやら、もうひとり雇われている家政婦らしい。

「この人に、キッチンなんかを見せてやってくれ」

阿久津に命令されると、先輩家政婦が雅実をきっと睨んだ。「およ、意地悪そー」とリコはびびる。雅実に向ける彼女の目には敵意しかなかった。自分のほうがより阿久津に気に入られ、特別賞与を手に入れんとしているのだ。そこには、お互いに協力して生き残ろうという協調精神などといったものは微塵《みじん》も感じられない。雇い主も鬼、同僚もまた鬼である。雅実は、本気でここで働くつもりなのだろうか？

「――ということだ」阿久津がこちらに顔を向ける。「あんたらの用は済んだ。帰ってもらおう」

リコが心配げな視線を雅実に送ると、大丈夫というように頷く。そして、彼女の唇がささやいた。

「ありがとう、マンマミーアちゃん」

「それにしても二千万の特別賞与とはな」

高垣が出てきたタワマンを振り仰ぐ。

「阿久津氏は、ほんとに家政婦さんを長期で雇用するつもりがあるんでしょうか？」

リコは疑問を投げかける。

「さあな」と首をひねったあとで高垣が、「しかし、向こうも法外な対価を支払おうっていうんだ。どこまでも納得いく人間を雇いたいんだろうな」と歩みを進める。

雅実には「なにかあったら、いつでもいらしてください」と言い残してきた。もちろん、なにもないほうがよいに決まっているのだが……。

2

「昔はさ、〔吾妻職安〕て旗を持ってさ、上野駅まで東北から出てきた集団就職の少年少女を迎えにいくのが一大行事だったもんさね。昭和四十年代のことだ。俺っちはそれを知る、最後の世代だな。所の飲み会でさ、『あゝ上野駅』をみんなで歌ったもんだ」

久米《くめ》が懐かしそうな目をする。そうして、つるつるに禿げ上がった自分の頭頂部を撫でた。高度成長期、吾妻公共職業安定所は所管する墨田区内の町工場に金の卵といわれた中卒、高卒の就職希望者を受け入れるのにひと役買ったのだそうだ。

ハローワークを定年退職した久米は、再任用の窓口相談員としてシニア応援コーナーを担当している。政府の働き方改革の推進で定年延長や再就職など高齢者の働く場が拡大する中、高齢者を戦力として活用する取り組みに注目が集まっていた。仕事や趣味に意欲的で、健康意識が高い活発な高齢者——いわゆるアクティブシニアへの活躍の場の提供である。一方で、人生経験を積んだ方々を相手にする以上、相談員もそれなりのベテランが割り当てられるというわけだ。その久米が、リコの次なる指導員であった。研修中のリコは、二ヵ月ごとに職業相談コーナーを異動する。五月までいたのは、ヤングからミドルまでの職業相談を担当するコーナーで、指導員は尚江だった。そうして、六月に配属されたのがシニア応援コーナーである。

「高度成長期っていったら、日本が一番元気だった時代だ。職安の職員なんて人気がなくってさ。俺っちの前の世代なんて、窓口に職を探しにきた相手をスカウトしてたらしいや」

「ほんとですか、それ⁉」

とリコが思わず声を上げたら、久米がにやりとする。

「もー、冗談なんですね」

「いやいや、近いことはあったんだと」

そこまで不人気なんですかい、この仕事は昔から⁉　とリコはまたしても声に出さず自らにツッコむ。

「〝職安〟と呼ばれていた頃のハローワークしか知らないシニアにとっては、ここは失業保険をもらうところであって、条件のよくない求人しか見つからない国営職業斡旋《あっせん》所なんだろうな」

久米が、一九七五年（昭和五十）の法改正によって雇用保険となる以前の、失業保険という言葉を使う。半袖ワイシャツにグレーのパンツスタイルの彼が、ふとこちらを見た。

「ところでマンマミーアちゃんは、シニアって何歳くらいを指すと思う？」

「あ、そういえば幾つなんでしょう？　漠然と年配の方ってイメージでした」

「実は、シニアの定義ってはっきりしていなくてね。国連では六十歳以上、世界保健機関《WHO》では六十五歳以上と定めている。そして、我がハローワークのシニアコーナーは、五十五歳以上を対象にしているんだ」そう彼が語ったところで、こちらにやってくる女性の姿を目に留めたらしい。「お、菅沼《すがぬま》さんだ」

カウンター越しに座った菅沼万知子《まちこ》は、大柄で人目を引きつける雰囲気を漂わせていた。年齢は六十歳に近いが、若々しい。黒のスーツが身に付いているなと思ったら、元結婚アドバイザーだという。

「わたしってバタ臭いでしょ、少しでも地味に見せるためにいっつも黒のスーツを着てるの。ほら、出会いを求めてきてる人たちよりも目立っちゃったらいけないでしょ」

万知子が華やかに笑った。どうやら、ひと言多いタイプかもしれない。

「あなた、バタ臭いなんて言葉、ご存じ？」

とリコに訊いてくる。

「えっと、聞いたことはありますけど、〝バタ〟ってなんですか？　昆虫のバッタのにおいとか？」

と首を傾げてしまう。

「若い子は使わないでしょうね。バターのにおいがするって意味。西洋風とか西洋かぶれしているってことなの。わたしって子どもの頃から、フランス人とのハーフに間違えられたのよね」

やっぱり、ひと言多いタイプだ。でも、もったいぶったところがなくて、結婚相談所ではよきアドバイザーだったのかもしれない。久米のところには、たびたび就職相談に訪れているようだ。

「ハローワークに対するわたしの印象を聞きたいだなんて、久米さん、どうしたのよ急に？」

「いやさ、新人の彼女——マンマミーアちゃんと、今さっきまでそんな話をしていたものだからね」

「ふーん」と万知子は少し考えていたが、こんなことを語り始める。「わたしのような求職者はね、この齢で転職できるのかしら？　って、不安でいっぱいなわけ」

勤めていた結婚相談所では、成婚率というノルマがあった。同僚の足の引っ張り合いもあって、ついに嫌気がさして辞めたそうだ。

「不安を抱えてるうえに、職安……じゃない、ハローワークの窓口の係官の態度っていったら、横柄なお役所のイメージがあるでしょ。でも」と彼女が久米に視線を送る。

「懇切丁寧に応対してくれて、安心したわ。今のわたしのハローワークのイメージはね、図書館で本を借りたり、公立のプールを利用したりするのと同じ感覚の、便利な公的サービスのひとつって感じかな」

それは意外な言葉だった。

「ただね、その便利な公的サービスを利用して就職先が見つかるかっていうと、また別の話なの。収入がダウンしても、どこかあるだろうと楽観してたんだけど、なかなか……。求人自体はたくさんあっても、いくら応募したって書類選考すら通過しないんだもの」

と万知子がため息をつく。

「事務職を希望しているんだけど、少し条件がいいと、すぐに五十人くらいの応募者が殺到して。その中で中高年のわたしが選ばれるのは至難の業」

それでも最初の三ヵ月は熱心に就職活動に取り組めたが、半年を過ぎた頃には「どうせダメよ」という気持ちばかりが先に立つそうだ。夫を亡くし、ふたりの子どもを独立させた彼女は、契約社員でもいいから、パートではなくフルタイムの社員として自分のために働くことを希望していた。

「だからって、慣れているからとはいえ、もう販売の仕事はしたくなくて……」

そう言う彼女にリコは、「〝販売の仕事〟って、菅沼さんは結婚アドバイザーをされていたのではないのですか？」と確認する。

「実態は、成婚という商品を売る、ノルマのある販売員よ」

「なるほど」

退職してもうすぐ一年、「ねえ久米さん、なんでもいいから、わたしにできる仕事を紹介して」と泣きついてくる。

「〝なんでもいい〟なんて言いなさんな。攻めの姿勢と緊張感を忘れちゃいけないよ。ここに来る人にはね、ウエストがゴムのズボンは穿くなって言ってるんだ。女も男も、ラフな格好をしだすと、ウエストのサイズが大きくなってスーツが着られなくなる。ジャージなんて着るようになると、途端に光がなくなるね。たとえば、月給百万円を得ていた元管理職なんていうのは、退職後間もない頃は背後にオーラが出ているように見えるんだね。ところが、時間が経つにつれてそれが薄れていく。いい加減な格好し始めると、身体も心も色褪せていくっていうわけさ」そこで久米が改めて万知子を見やる。

「おっと、菅沼さんは例外だがね。いつも、ぴしっとしたスーツ姿だ」

彼女の沈んでいた顔に笑みが広がった。久米も笑みを返す。

「さっきも言ったけど、攻めの姿勢を忘れちゃいけない。志望は事務職だったね」と職員端末で検索する。「ここなんてどうだろう？　そんなに給与がいいわけじゃないけど、話を聞いてみるっていうのは？」

「ぜひ、お願いします」

「じゃ、アポを取ろう」

求人票には事業所の連絡先と担当者の名前も記載されているから、求職者が直接連絡することもできる。だが、助成金などでハローワークの世話になっている気持ちが強い事業所も多く、年齢制限をオーバーしていたり、学歴や資格、経験が充分でない場合にも応募可能かどうか交渉できるのが相談員だ。

ちなみに現在の求人票には、年齢、性別の採用条件は記載できないことになっている。未経験の若者をトライアル枠で採用するなど特別に許可されたケースを除いて、すべての求人は年齢に関係なく応募できる。なおかつ、年齢に関係なく採否が決定されるはずなのだ。それでも、事業所側の希望は厳然としてあるのが実態だ。年齢、性別が理由の不採用であっても、「求めるスキルがありませんでした」「ほかに適任者がいました」といった回答が来る。

「先方が面接するって言ってるよ」

電話を保留にして久米がそう伝えると、万知子の顔にさらに大きな笑みが広がった。

「ぜひ、よろしくお願いします」

今日午後の面接が決まり、席を立つ彼女に向けて久米が声をかける。

「菅沼さん、面接ではあまり話しすぎないようにな」

「はい?」

彼女が不思議そうな顔をする。

「いや、あなた、しゃべりすぎる傾向があるもんでさ」

リコには、久米の言わんとするところが分かるような気がした。彼女はやはり、ひと言多いタイプなのだ。

万知子は肩をすくめると、「は〜い」と明るく返事し、去っていった。

廊下側をあけて、コの字の形にフロアを囲むように職業相談窓口のカウンターは並んでいる。中央のスペースに受付の箱型ブースがある。シニア応援コーナーの窓口は、コの字の縦の線の真ん中で、受付ブースの真後ろに当たる。だから、廊下側を向いて座っている受付のふたりの職員は、常にこちらに後ろ姿を見せている格好だ。箱型の受付ブースは、囲いの一部が開閉式になっていて、そこから出入りする。

万知子が訪れた同じ日の午後、受付担当の柴崎《しばざき》亜紀《あき》がシニア応援コーナーにやってきた。亜紀は四十九歳。年齢より五歳は若く見える。リコよりも齢上の娘がいるようには、とても見えない。かわいらしい感じの女性である。〝支援員さん〟と呼ばれる非常勤職員だ。

「久米さん、お仕事の相談ではない方が見えてるんですけど」

と、遠慮がちに声をかけてくる。

「なんだい、また、あのおばあちゃんかい？」

久米が言っているのは、近所に住む八十過ぎの女性のことだ。「また来ました。寂しいのよ」と来所しては、受付の亜紀に愚痴を垂れている。どうやら、同居している息子家族とうまくいっていないらしい。亜紀も「お仕事相談の場所なので」と諭すのだが、「家にいると寂しいのよ」と繰り返すおばあちゃんに対してすげなくできない。優しいのだ、亜紀は。たまにシニア応援コーナーにお鉢が回ってきて、おばあちゃんの話し相手になったりもするのだ。

「今日は違うんですよ」と亜紀が案内してきたのは、二十代半ば過ぎの切れ長の目をした細身の女性だった。

「大磯優奈《おおいそゆうな》といいます」

清楚で生真面目な感じの人だ。梅雨入りして、連日のように降ったりやんだりが続いている。彼女も雨の気配をまとわせていた。

亜紀が優奈に、カウンターの椅子を勧める。優奈が会釈して腰を下ろすと、亜紀は「あとはよろしく」というように久米とリコに目配《めくば》せして受付に戻っていった。

「う〜んと、仕事の相談ではないということだけど？」

久米が問いかけると、「あたしは会社に勤めています」と優奈が応える。「実は父の件で伺いました」

優奈の父は、公立中学の体育教師を四十年勤め上げた。しかし退職後は、教え子が仲介したスポーツ用品メーカーの会社勤務を半年で辞めてしまった。その後は、ゲームとテレビと昼寝の毎日だという。

「たまに図書館に行って、時代小説をたくさん借りてきて読み漁るくらいで、あとはゴロゴロしているんです」と彼女が訴える。「母が専業主婦のため、父は、〝お母さんの仕事を取ったら悪いだろ〟と言って、家事にはまったくかかわろうとしません。母はストレスが溜まっていますが、頑固な父とは話し合いにならないんです」

「これはつまり、どうしたら父上に家事をさせることができるか？　という相談のようですな」久米が髪のない頭を撫でる。「それなら、〝家事を手伝え！〟と正面から説いてもダメだと思うよ。父上の〝お母さんの仕事を取ったら悪いだろ〟という台詞《せりふ》は、裏を返せば〝家事は女の仕事だろ？　男が家事なんてできるか？〟という意味だ。母上も、これまで一生懸命働いてきた夫に対して、それを許容せざるを得なかった。それがもはや一家の正論のようになっているので、動かしにくいんだな」

「違います！」

と優奈が反論したので、頭を撫でている久米の手が止まった。

「あたしは、父に家事をさせる相談に来たのではありません！　父に働いてほしいんです！」

彼女がむきになって反論したので、久米もリコも唖然とする。

優奈がはっとして、「すみません、大きな声を出して」と謝った。

久米がコホンと空咳してから尋ねる。

「父上に働いてほしいと考えるのは、収入を考慮してのことですかな？」

「まとまった退職金をもらっているので、すぐに生活に困るようなことはありません」

「なるほど」と久米が再び頭を撫で、「いくらまとまった退職金が手もとにあっても、元本は必ず減っていきますな。だから、やっぱり使うのが怖い。でも、働いて幾らかでも収入があれば、気持ちはだいぶ落ち着きます。シニア世代がその分をどんどん消費に回したら、日本経済も元気になりますな」そう言って笑う。

「おカネのことだけじゃないんです！」先ほど大きな声を出したのを詫びた優奈が、今またむきになったように言い募る。「この先の人生は長く、まだまだ働くことだってできるのに、なにもしなくていいと思っている父の姿を見ていたくないんです！」

「では、こうしたらどうだろう？」と久米が提案する。「父上が定年まで勤め上げたのは確かで、まずこの事実を認め、感謝の気持ちを伝える。そのうえで、定年後の一般論をおだてながら提案するんだ。〝お父さんみたいに能力のある人は、定年後もなにか仕事をするのが常識みたいよ〟とか〝テレビに昼寝じゃ、もったいなさすぎるわよ〟って。それで〝ハローワークには、シニア応援コーナーっていうのもあるみたいだし〟と持っていくのさ。なんていったって男性の多くは基本的に仕事人間なわけだしな。うまく誘導できるかもしれんよ」

「本当にそうでしょうか？」

とリコは告げる。すると、久米が驚いたように顔を向けてきた。

「あ、久米さんに言ったんじゃなくて、こちらに――」

と優奈に視線を送る。彼女もリコを見返した。

「先ほどおっしゃった、〝なにもしなくていいと思っている父の姿を見ていたくない〟についてです。もしそうであるなら、ボランティアではいけないんですか？　体育教師という経歴を活かして、子どもたちにスポーツ指導をするとか？」

リコが言うと、優奈の視線が鋭くなった。

「おいおいマンマミーアちゃん、ハローワークの職員がボランティアを勧めるってえのも、どうかと……」

久米が最後まで言い終わらないうちに、「父には働いてもらわないと困るんです！」

優奈が叩きつけるように声を出す。

久米もリコも目を丸くした。

「すみません……」

またも詫びている彼女に向けて、「すべて話していただけますか?」とリコは言う。

「そのほうが、解決策も見つかると思うので」

優奈がため息をついたあとで、「あたし、結婚するんです」意外なことを言い出した。

「それはおめでとう」

すぐさま久米が返す。

「ありがとうございます」

と彼女が小さくほほ笑む。

リコは黙ったままで、話の続きを待った。

「彼から〝お父さん、仕事はなにしてるの?〟と訊かれて、どうしても無職だと言えなくて。教師を退職したあとも勤めているって……」彼女がうつむいた。そうして、すぐに顔を上げる。「彼のご両親って、ふたりともばりばり働いてるんです。なのに、うちは父が家でグダグダしてて、母は専業主婦」

「専業主婦は立派な仕事ですよ」

と久米が諭す。

うちの母もずっと専業主婦だった、とリコは思う。

「いずれにしても、父が働いていると彼には伝えてしまったんです。今さら嘘だなんて言えません」彼女が忙しなく瞬《まばた》きする。「あたしの自分勝手かもしれないんですけど……」

確かに自分勝手かもしれない、とリコは思う。でも——。

「お父さまにそう伝えたらどうでしょう」

リコは真っ直ぐに優奈を見る。

「え……？」

「お父さまが、定年後に就職された会社をなぜすぐに辞めてしまったのか、その真意は分かりません。また、どこかにお勤めされようと考えていて、腰が上がらないのか。それとも、ちょっとゆっくりしようと思っているのか——。でも、自分の娘の願いなら、きっと行動を起こすはずです」

「そうでしょうか？」

リコは頷き返す。父親は娘に弱い……はずだ。あたしについては、そう言い切れないところなのだけれど。

「とにかく、自分の気持ちをお父さまに伝えたほうがいいです」

そう言いながら、親に向かって自分の気持ちを伝える以上に難しいことはないんだけどね、と思っている。

戸惑いながら帰っていく優奈を見送りながら、「若い子の気持ちって、俺っちみたいなジジイには計りかねるね」と久米がもらす。「あんたがいてくれてよかったよ」

その時、シニア応援コーナーの電話が鳴る。リコが受話器を取ると、交換が外線につないだ。

「菅沼です！」万知子の明るい声がした。「面接で話に花が咲いちゃって、好感触なの。それを伝えたくて」

電話を切ったあとで、久米にそう伝えると、「話に花が咲いた、か……」と彼が心配げな表情をしていた。

3

「昨日は、娘がお世話になったそうで」

シニア応援コーナーに現れた大磯は、ガタイのいい、いかつい顔をした男性だった。切れ長の目をした細身の和美人である優奈とは似ても似つかない。唯一目もとだけが似ているような……。もっとも父親のほうは、切れ長というより糸を引いたような細目なのだが。

「〝無職じゃ困る。とにかくどこかに勤めてほしい〟って、泣きつかれましてね」大磯が苦笑いする。「娘に〝お願いだから、お父さん〟って言われちゃあ、聞かないわけにいかないでしょ」

大磯の細い目がいっそう細くなり、まなじりが下がる。やはり父親は娘に弱いのだ、とリコは改めて思う。

「ほんとは、こっちもやりたいことがあるんだけど」

彼がぼそりと呟いたなにげないひと言だったが、リコの耳に引っかかった。

「そのやりたいことって、なんでしょう？」

と訊いてみる。しかし、「いや、まあ、ね」と口を濁す。

「せっかく決心していらしていただいたのに水を差すようですが、大磯さん」と隣にいる久米が口を開く。「割のいい仕事が、そう簡単に見つかるものではないんですよ。そこは覚悟してください」

　すると、大磯が岩から削りだしたような顔の前で、分厚い手のひらを左右に振る。

「いやあ、割のいい仕事なんて、そんなの望んでません。とにかく、向こうの両親——ていうのは、婿さんの親御さんのことですがね。あちらと顔合わせする来月末までには、なにか職に就いていられればってことなんです」

「なるほど」と久米が小刻みに頷く。「六十五歳まで定年が引き上げられたり、六十五歳までの再雇用制度が導入されている職場では、慣れ親しんだ環境で仕事ができるというメリットがある。しかし、公務員の定年は現在のところ六十歳だ。それでも、いち早くセカンドキャリアをスタートしたほうが、より長く働き続けられているという現実もあるんです。なぜならば、現在の日本におけるシニア採用のニーズは六十五歳が大きな節目になっているからだ。そこを過ぎると、働けるチャンスが極端に狭まってくるんですな」

「ほほう」

　と大磯が感じ入ったような声を出す。それに対して、今度は久米が大きくひとつ頷き返した。

「セカンドキャリア向き職種に関しては、六十歳くらいからスタートした人ほど、七十歳を超えても問題なく働き続けていますね。つまり、六十五歳までに新しい職種で経験を積めた人は、七十歳を過ぎてもなお働き続けられる一方で、六十五歳を過ぎてから未経験でチャレンジする人は、決定的なハンデを負うのです」

「なるほど」

大磯は、自らが思ってもみなかったセカンドキャリアの売り手市場に立っていることを知ったようだ。

久米が、大磯を真っ直ぐに見据える。

「徒手空拳で、社会に出たばかりの若い頃を思い出してください。資産もなく、キャリアゼロからのスタートでしたが、不安よりも未来に対する希望や夢のほうが遥かに大きかったはず。かつての高揚を思い出し、第二の職業人生のスタートを切るのです！」

名調子で大磯のモチベーションを上げる上げる。「よ、久米さん！」と、リコは大向《おおむ》こうから舞台に声をかけたくなった。

「それで、ですな」と久米が職員端末を検索する。「手っ取り早いところで、交通誘導の仕事はどうでしょう？」

途端に大磯が顔を曇らせる。

「それはちょっと……」

「おや、お気に召しませんか？　〝なにか職に就いていられれば〟とおっしゃっていましたのに」

「道路工事の現場なんかに立っているあれですよね？　仕事自体は必要なものだと思うんですが、やってる姿を教え子に見られたくないかな」

「そういうものですか」と久米が再び検索を始める。「おっと、これはどうかな？　大磯さんにぴったりの仕事だと思いますが」

「私にぴったりとは？」

「なんというか、その、あなたの風貌に合っているというか……」

久米が言いにくそうにしている。

「私の見かけに？」

「店舗の万引き防止係ですよ」

「え？」

「強面《こわもて》を活かすんです。お店の出入り口近くに立って、睨みを利かせる」

「そいつはいい！」大磯が声を上げて笑った。「教師時代は毎朝、校門に立って生活指導をしてました。あれと一緒だ」

しかしこうした仕事で、対面を気にする優奈がはたして納得するのだろうか？　とリコは疑問に感じる。

それでも大磯はとても乗り気で、さっそく面接を受けることになった。彼と入れ替わるようにやってきたのは万知子だった。昨日の電話の声とは打って変わり、沈んだ表情だ。ちょうど今日の天気のように。また雨が降っている。

「事務の面接、ダメでした。さっき連絡があって」と彼女が言う。「わたしったら、ついよけいなことをしゃべっちゃうのよね」と肩を落とす。

「ふーむ」

久米が腕を組んで、天井を仰ぐ。

「あの」とリコは言ってみる。「菅沼さんは、どうしても事務職がご希望なんでしょうか？」

「事務職が希望というよりも、販売でない仕事に就きたいと思ってるの」

「そこなんですが、また販売員にチャレンジしてみるというのはいかがでしょう」

「でも……」

と自信なさそうにうつむく。

「昨日、菅沼さんは久米さんに向かって、〝なんでもいいから、わたしにできる仕事を紹介して〟とおっしゃいました。〝なんでもいい〟と」

「確かにそうは言ったけど……」

リコは久米に目をやる。

「そしたら久米さんは、〝攻めの姿勢と緊張感を忘れちゃいけないよ〟と」

「ああ、確かに俺っちはそう言った。だけどよ……」

「攻めの姿勢というのは、逃げないってことなのだと思います。菅沼さんが事務職を希望されているのは、事務の仕事がしたいという積極的な気持ちからではありません。販売がしたくないからという逃げの姿勢です。面接する側にも、それが伝わるのではないでしょうか」

「わたし、逃げてた？」

「少なくとも攻めてはいません」

「そうなっちゃうかもしれないけどよ」と久米が眉を寄せる。「でも菅沼さんは、ノルするとマ万知子が、「正確に言うと、嫌なのはノルマそのものじゃなくて、同僚との足の引っ張り合い」と修正する。「結婚相談所では成婚率というノルマがあるから、条件のよさそうな会員を担当したいわけ。そこで同僚と取り合いになる。それが嫌だったの。わたし、ノルマはそこそこ達成してたわよ」

「菅沼さん」とリコは真っ直ぐに彼女を見る。「また販売職にチャレンジしてみませんか？　販売のほうが、持っているキャリアやスキルを売り込めるはずです」

万知子がリコの視線をしっかりと受け止めた。その目はこれまでになく、活き活きと輝いている。

「やってみる、わたし！」

そしてリコはジュエリー販売員の求人を紹介し、万知子は採用されたのだった。

4

「七十代なんてあり得ませんよ」

電話の向こうで採用担当の男性が言う。和菓子屋の若旦那《わかだんな》だった。

「でも、とってもお若く見えるんですよ」

とリコは食い下がる。年齢に関するそんな発言をしても、当の求職者である和服姿の女性は気にも留めない様子で、カウンターの向こうでにこにこと鎮座《ちんざ》している。

浅草にある老舗《しにせ》の和食屋で、五十年以上ホールの仕事をしていたという年配女性だった。しかし、店が暖簾《のれん》を下ろしたことで失職。「家にいても仕方がない。働きたい」とアズマを訪れたのだ。

「まあ、とにかく会うだけ会ってみましょう」という返事をやっと取りつけると、紹介状とともに女性を送り出した。紹介した和菓子屋も浅草にある。彼女にしてみれば庭のような感じで、ひと駅分の距離を地下鉄を使わず吾妻橋を歩いて渡って面接に向かう。

ようやく梅雨明けしたと思ったら、猛暑が訪れた。だが、そんなのへっちゃらなようだ。涼しげに和服を着こなしている。

一時間後、「確かに見た目も年齢より若いし、とても動きがいいと即決しました！」和菓子屋の若旦那からの電話をリコは受けた。「なによりの決め手は、一度勤めるとその店を辞めないということですよ」

「やるねえ、マンマミーアちゃん」

と久米が感心したように言う。

「いえ、求職者さんの実力です」

謙遜しながらも、悪い気分ではなかった。

そこに今度は、申し訳なさそうな顔をした大磯が現れる。

「実はね――」

彼は、万引き防止係の仕事を辞めたのだという。

「いや、一日中、店の入り口にただ立ってるだけで退屈でさ」

そんな理由で辞められても、とリコは思うのだ。久米からは「割のいい仕事が、そう簡単に見つかるものではないんですよ。そこは覚悟してください」とあらかじめ言い含められていた。大磯にしても「割のいい仕事なんて、そんなの望んでません」と納得していたはずだ。

すると、彼がさらにこんなことを言い出す。

「まあ退屈っていうのは、それは我慢できるさ。しかしね、万引き防止のために立ってるだけじゃなくて、その現場を見つければ取り押さえないといけない。この間なんて、総菜をワンパック盗んだおばあちゃんを捕まえてさ。〝ぼうっとしているうちにしてしまった。息子には黙っていてくれ〟って泣かれて……。だが、こっちも仕事だ。見逃すわけにはいかない。もう疲れたよ」

「なるほど」と思わずリコは言っていた。「下手人《げしゅにん》にもいろいろと事情《わけ》がある。むげにお縄《なわ》にゃあできない、とそういうわけですね」

大磯がぽかんと口をあけ、こちらを見ている。隣で久米も、なにを言い出したんだ？という顔だ。

しまった！　また、やっちゃった！

すると、大磯がにやりとした。

「あんたも好きなのかい、時代小説？」

そういえば優奈が自分の父の日常について、〝図書館に行って、時代小説をたくさん借りてきて読み漁る〟って話していたっけ。

「いえ、あたしは、どちらかというと映像派で」

遠慮がちに口にする。

「テレビ？　映画？」

「両方です」

「ほほう！」

と大磯が嬉しそうに声を上げた。

「古いのも観るわけ？　ほら、ケーブルテレビなんかでさ？」

「どちらかというと、昭和の古いもののほうが好きです」

「へー!!」とますます愉快そうに歓声を発する。「『伝七捕物帳《でんしちとりものちょう》』なんか観てるかい？」

「あ、あたしは、なんていっても中村梅之助《なかむらうめのすけ》の伝七です」

「うんうん」

リコもつい調子に乗ってしまう。

「梅之助の伝七は、日《にっ》テレ版とテレ朝《あさ》版とふたつシリーズがあって、日テレ版のほうは遠山の金さんと二役を演じてるんですよね」

「そうそう。梅之助っていったら、遠山の金さんも当たり役だよなあ。伝七の前に、テレ朝のシリーズがある。当時はNETテレビっていってたけどな」

「そうです！　金さんといえば、杉良太郎《すぎさま》でも高橋英樹《たかはしひでき》でもなくて、やっぱり梅之助！　英樹なら桃さん――『桃太郎侍』でしょ！　って……」

はたと自分の職務を思い出す。隣に目をやったら、久米がにやにやしながらこちらを眺めていた。

またまた、いけね！

それで、この場を取り繕う意味も含めて、「大磯さんは〝ほんとは、こっちもやりたいことがあるんだけど〟っておっしゃってました。いったいなんなんですか、その〝やりたいこと〟って？」と訊いてみる。リコはずっと気になっていたのだ。

「いやさ……」

と照れたような表情で、彼は応えようとしない。

「この前いらした時にあたしが訊いても、やっぱり教えてくれませんでしたよね」

彼はすっかり押し黙ってしまった。

その様子を見て久米が、「マンマミーアちゃん」と声をかけてくる。「俺っちはさ、二階でちょっと打ち合わせがあるから」と席を外した。

時代劇の話題で盛り上がっているし、ふたりのほうが、大磯も話しやすかろうと考えたに違いない。リコにしてみれば、あとは任せたぞと久米に託されたようなものだ。

「そんなに話しにくいことですか？　でしたら、もうこれ以上は……」

とリコが引き気味の姿勢をとると、「いや、話すよ」と大磯が取りすがるように口を開く。「あんたなら、分かってくれるかもしれない」

リコは待った。すると、彼が意外なことを口にする。

「実はさ、夢があって」

「夢、ですか？」

大磯が頷く。

「教師時代は生徒たちが成長する姿を見て、喜びと充実を感じてきた。その一方で、いつかはって夢があったんだ」

彼が少しためらってから、決心したように言う。

「私はね、時代小説家になりたい」

それが「あんたなら、分かってくれるかもしれない」の意味するところか！

大磯が自分の頭を指さして、「この中にはさ、たっくさんアイデアがあるわけさ。でも、どう書いたらいいか分からない。……いや、その前にさ、私は身体を動かすほうが専門で、小説を書くなんて、小っ恥《こっぱ》ずかしくって言い出せない。家で机に向かってるところを——もっとも勉強机なんて持ってはいないんだが——まあ、ともかくそんな姿を家族に見られたら、失笑を買うだろう。妻も、優奈も、〝お父さんになんて、できっこない〟と言うはずだ。それでも挑戦したいって、ただ悶々としてた。そんな調子だから、教え子がせっかく仲介してくれた会社の仕事にも集中できない。いつか大きな失敗をしてしまうんじゃないかと、迷惑をかける前に辞めたんだ」

「そういうことだったんですね」

大磯がこくりと頷く。

「だが、優奈にどこかに勤めてほしいって言われて、やっと諦めがついたよ」

「諦めること、ないと思います」

リコが言ったら、意外そうな表情を見せる。

「諦めるなんて、もったいないです」

「そうかねえ……」

照れたような、寂しいような笑みを浮かべていた。そして、ふっと真顔に戻る。

「ところで、私が働けるようなところって、あるだろうか？」

「下手人をお縄にしなくて済むようなところですね？」

リコが笑ったら、大磯も、「ああ、そうだ」と笑い返す。

職員端末を検索したリコは、「マンション管理員はいかがでしょう？」と提案する。「中高年の求人ニーズが多く、シニアの方にも一番人気の職種なんですよ、長く勤められますし」

「そういえば、うちのマンションの管理員さんがとても朗《ほが》らかで親切で、いい方なんだ。仕事もてきぱきしててね。ああいう仕事も悪くないなって」

リコは頷き返す。

「うちのハローワークでも、何人かのシニアの方にご紹介しました。最近は女性の管理員も増えていて、女性を希望する管理組合もあるといいます」

「うかうかしてられないな」

と彼が冗談交じりに言う。

「あと、これから申し上げるのは、本来なら立場上お伝えできないことなんですけど」

リコが声を低くすると、「なにかな？」と大磯も耳を傾けるようにする。

「施設内の点検や清掃など、やるべき仕事をきっちりやれば、管理員室で多少は自由な時間が持てると就職された方がおっしゃってました」

「へー」と大磯がもらしたあとで、はっとした表情になる。「つまり、その時間に小説を書けと――」

「いえ、さすがにそこまでは申し上げられません。しかし管理員になれば、管理員室という個室を持つことができます。仕事の中で居住者の方と対話するほかに、自分自身と対話する時間が持てるようになるのでは、と。そうした時間が、小説を執筆するうえで貴重なのではないでしょうか」

「なるほど」

「もちろん週休二日制です。休みの日にご自宅で執筆がしにくいのなら、図書館の閲覧室をご利用になられてはいかがでしょう」

「うん、うん」と彼が希望に満ちた目で頷いていた。「まずは口入屋《くちいれや》の娘の話を書くとするかな。江戸時代のハロワだ。マンマミーアちゃんが主人公のモデルだよ」

数日後、ジュエリー販売員になって一ヵ月余りが経つ万知子がやってきた。

「あそこ辞めちゃったの」

と彼女が言う。

「やっぱり販売というお仕事が合っていませんでしたか？」

リコは申し訳ない気持ちになる。

しかし意外にも、「ううん」と、さばさばした表情で首を振る。「わたしには販売の仕事が合ってるって、改めて確信したの」

「だったら菅沼さん、どうして辞めたんだい？」

と訊いたのは久米だ。

「販売の仕事には合ってるけど、残念ながらあのお店にわたしは合っていなかったってこと。単価が低くて、客層も若いの。わたしの販売トークをもってしても、限界があった。ノルマは達成したのよ。でも、あれ以上は伸びない。それが分かるの。なぜなら、わたしに販売員としてのセンスがあるから。今度の仕事でわたし自身が、それを思い出した」

万知子がこの前、販売職に再チャレンジするのを決めた時と同じく瞳を黒々と光らせる。その目で、リコを見た。

「マンマミーアちゃんのおかげ。わたしに販売の仕事を勧めてくれて、ありがとね」

「でも、紹介した職場が合っていなかったのですから……」

リコがそう口にすると、「それなら、菅沼さんに合いそうな求人を紹介しよう」と職員端末で検索していた久米が言う。

「セレモニー関係はどうだろう？　仏具屋の販売員だ」

「なるほど」と万知子が言う。「確かに、若い人にはできない販売だわ」

「俺たちみたく人生経験を積まないとな」

久米の言葉に、ふたりして笑い合っていた。

「それに、結婚アドバイザーの衣装がそのまま使えそう」

と万知子が言う。彼女はいつものように黒いスーツを着ていた。

「結婚とセレモニー——まさに、禍福《かふく》はあざなえる縄《なわ》のごとしってところか」久米がそう言ってから、「どういう意味か分かるかい、マンマミーアちゃん？」と訊いてくる。

「幸福と不幸はより合わせた縄のように表裏一体ということですよね、確か」

つい先日、時代劇チャンネルで観た江戸の長屋を舞台にした人情もので知ったばかりの言葉だ。

今度は万知子が、「一時のことに一喜一憂しても仕方ないっていう意味ね」と付け足す。

ふと受付カウンターの向こうの廊下に、見知った人の姿があるのにリコは気がついた。

話が弾んでいる万知子と久米に、「ちょっと失礼します」と告げて立ち上がる。

廊下に出ていくと、「どうされたんですか？」優奈に向かって声をかけた。

「お礼を言いに来たんですけど、お仕事の邪魔になるんじゃないかって思うと入りにくくて」

「お父さま、いかがです？」

大磯は結局、マンションの管理員として採用された。理事会の司会を務める必要があるとのことで、人前で話ができて押し出しがいい元体育教師の彼は打ってつけだったのだ。大磯のほうも、大手マンションメーカーの系列会社で研修が充実しているところが気に入ったようだ。

「毎朝、楽しそうに出勤してます」

「よかった」

リコは心からそう思う。

「ある朝、出勤する時に父がこんなことを言ったんです。〝いつか夢をかなえたい〟って」

「どんな夢なのか、お父さまお話しされました？」

「いいえ」と優奈が首を振る。「でも、〝お父さん〟と〝夢〟って、一番かけ離れた存在だと思ってたんです。そんな父に、自分の夢があった。あたし、それが嬉しかった」

〝お父さん〟と〝夢〟――そうリコは考える。あたしの母は、夢のない人だった。

「休みの日も家でごろごろしていないで、図書館に行ってます」

どうやら大磯は執筆に励んでいるようだ。

「婚約者には、父の勤務先のマンションメーカーの社名だけを伝えるつもりでした」と優奈が言う。「今ははっきりとこう伝えたいです。〝父は夢を持って、マンションの管理員をしています〟と」

彼女が照れくさそうに切れ長の目を伏せる。そして改めてこちらに視線を向けた。

「廊下から中に入るのがためらわれたのは、ほんとは父についてこんなふうにお伝えするのが恥ずかしかったからです」

「いらしていただいて、嬉しいです」

求職者の方とともに一喜一憂するのがあたしたちだ、とリコは思う。

第三章　マザーズハローワーク

1

実年齢は四十九歳、見た目は四十五歳になるかならないかくらいの柴崎亜紀とともに、リコはアズマの受付にいた。仕事の相談窓口は二十あって、カウンターにナンバープレートが掲げられている。順番待ちしている人を、受付が呼び出して番号で案内するシステムである。

新たに来庁した五十代の女性が、「機械使いたいんだけど」とぶっきら棒に要望する。一階フロアに二十台設置されている、タッチパネル式の来所者端末のことだ。端末にもそれぞれナンバープレートが付いていて、受付職員が空いている番号札を渡す。

カウンターにある札に手を伸ばそうとするリコを、「待って」と隣から亜紀が制する。

続いて亜紀が心得たように、「どうぞ」と番号札を差し出した。

女性が無言でそれを引っ手繰《たく》るようにして受け取ると、迷いなく隅にある端末へと向かい席に着いた。

「今の方は、あそこが指定席。〝わたしの好きな番号を出してよ〟と、毎回目で訴えかけてくるの」

リコは、「そういうことなんですね」と返す。

「かと思えば、顔見知りであっても、受付のわたしが〝あ、こんにちは〟といった表情を浮かべてはいけない方もいる。あちらとしては、ここに何度も来てる人と思われたくないのね」

ハローワークの受付というのも気苦労が多い。今朝、受付担当のもうひとりの女性職員が、家庭の事情で一時間遅刻するという連絡が入った。ピンチヒッターでリコが受付カウンターに座るよう、神林から指示されたのだ。

突然、子どもの泣き声が響き渡った。受付のちょうど真横に位置する、マザーズコーナーからだ。赤ちゃん連れで仕事の相談窓口に来ている若い女性に注目が集まる。彼女が抱いている赤ちゃんがむずかっているのだ。彼女は慌てて抱っこしている赤ちゃんをあやすが、ますます泣き声が大きくなる。

受付の前の待ち合い席にいた男性が癇癪《かんしゃく》を起こしたように立ち上がり、こちらにやってきた。

「こんなところに子どもを連れてくるなって言ってこい！」

聞こえよがしにそうののしる。

いらいらするのも分からないではないけど、ここはお互いさまって気持ちになれないかなあ……。リコは残念に思いつつも、「すみません」と男性に向かって謝る。そして、赤ちゃんを抱いている女性のもとに向かおうとした。そしたら突然、泣き声がやんだ。見ると、カウンター越しに相談員のベテラン女性が赤ちゃんをあやしている。赤ちゃんは口に入れてしゃぼしゃぼしてた、よだれでべとべとになった小さな手で相談員の人差し指を握り、嬉しそうに笑っていた。

クレームをつけてきた男性は、急に居心地が悪そうな顔になり引き返していった。亜紀とリコは顔を見合わせ、小さく笑う。

そこにもうひとりの受付職員が現れた。お役御免となったリコは、八～九月の二ヵ月間配属された相談窓口に戻る。

「お帰りなさい、マンマミーアちゃん」

と、カウンターにいる南雲《なぐも》ひとみが、ほんわかした笑顔で迎えてくれる。そう、彼女こそが、先ほどむずかっていた赤ちゃんをあやして笑顔にしてしまった、マザーズコーナー担当のベテラン相談員である。ふっくらした性格を表すように体型もふっくらしているとたとえたら、失言になってしまうだろうか？

育児中の人に対して、子ども連れでも来所しやすいよう窓口の隣におもちゃや絵本のあるキッズスペースを設け、保育所の情報提供なども行いながら就職に向けたサポートをしているのがマザーズコーナーだ。

「ただいまです」

と言って、リコはひとみの隣に座る。

今年六十一歳になるひとみは、外資系企業で人事総務の仕事をしていた。彼女のもとで働くことが決まると、リコは挨拶しにいった。その際、「会社の人事総務って、どんなイメージ持ってる？」と訊かれた。

「そうですね、リストラをするところじゃないんですか？」と応えたら、「そんなイメージだよね」と、ひとみはさっきみたいな人を和ませる笑みを浮かべた。「でも人事ってね、社員の相談が持ち込まれる部署でもあるの——人間関係の悩みや業務上の悩みが。パワハラやセクハラの相談窓口でもあるのよ。よく持ち込まれるのはね、仕事をしたいのに、上司が仕事をさせないように仕向けてるってケース。一方で、こちらは労務管理のチェックもしてるから、残業が多すぎるよって社員に注意を促したりね」

彼女の話に、リコの認識は覆《くつがえ》された。

「わたしはキャリコンの資格を持っていたし、六十歳で定年退職したらハローワークで働きたいって思ってたの。多くの人の相談を受ける仕事だから」

だが、ひとみの予定は五十一歳に前倒しされることになる。会社が、早期退職制度で邦人社員五百人を切ることになったのだ。まずは年齢による線引きで、四十歳以上がリストラ対象である。その中で、将来会社の中心となる社員は守られる。人事のひとみは、二十代、三十代の有望人材に対する慰留を任されていた。そんな彼女が、「わたしをリストラの対象リストに入れて」と進言した。自分が去ることで、社員ひとりを救える。それが、会社における彼女の最後の仕事だった。

早期退職者には就職支援会社の担当者が付いて、就職情報や求人先のデータをくれる。担当者から、「南雲さんはどうしたいの？」と訊かれた。「わたし、ハローワークで働きたい」「じゃ、早く応募しないと!」と促された。就職支援会社としては、退職者に手っ取り早く職をあてがいたいのだ。

ひとみがハローワークの就職支援ナビゲーターになって十年。「険しい顔で訪れた求職者の方が、笑顔で帰るところを見ると嬉しい」と話す。

一階フロアの出入り口のすぐ右手に、遊具が置かれたキッズスペースがあり、そのすぐ隣がマザーズコーナーだ。小学校四年生の息子がいるという女性が相談にやってきた。お昼前のこの時間、息子は学校に行っているので、彼女はひとりで来庁していた。もっとも、小学四年生の男の子がキッズスペースで遊ぶかは疑問なのだが。

「育児のために退職するまでは、大手出版社に勤めていました」

彼女が口にしたのは、あまり本を読まないリコでも知っている出版社の名前だった。

「どうしても編集職の正社員で採用してもらいたいんです」

安藤《あんどう》佳以《けい》というこの女性には、かつて有名な出版社に在籍していたプライドがあるようだった。

「分かりました」

とひとみが言って、職員端末で検索した中小の出版社を幾つか紹介する。途端に佳以が不満げな表情を浮かべた。

「大手出版社の正社員求人は、ハロワにはないんですね。出版社に限らず、ハロワに登録されている求人のほとんどは、従業員百人以下の中小企業。まあ、わたしもハロワだけに頼らず、求人サイトも併用するつもりですけど」

「それがよろしいかと思います」

ひとみがにっこり笑う。

不平を並べていた佳以だが、ひとみの紹介した出版社から一社を選んで応募してみると言い、帰った。

2

「出社初日から粗さがしを連発されて、会社を辞めたんです」

カウンターの向こうで、相沢智子《あいざわともこ》と名乗った四十代半ばの女性が嘆く。高校一年生の女の子と中学二年生の男の子の母親である。

「あなたの出社初日から粗さがしが始まったんですか？」

とひとみが訊き返した。

「いいえ。出社初日は相手のほうです。彼女は三十代で、わたしよりもだいぶ齢下ですが正社員です。わたしは、パートでした。それでも事務職員として、五年間その住宅会社に勤務していたんです」

「相沢さん、分かりやすくするために、その三十代の彼女をA子さんと呼びましょうか？」

ひとみが提案すると、智子が異を唱える。

「彼女の名前、〝子〟ではなく、美しいという字で〝美《み》〟が付きます」

「では、A美さんにしましょう。いかがですか？」

ひとみが、ふっくらした頰に穏やかな笑みを浮かべる。すると、智子が頷いた。

「わたしの名前に〝子〟が付くものですから、なんだか嫌で」

あたしの名前にも〝子〟が付いてるんだけどね、とリコはひとみの横で思っている。

「A美さんは去年、ほかの支店から異動してきたんです。上からの評判がいいので、会うのが楽しみでした。でも、異動してきた初日、いきなり勤務表の入力ミスを指摘されたんです。〝勤務時間の詐称だ〟と意味の分からないことまで言われました」

「〝詐称〟というのは氏名や住所、経歴なんかを偽ることで、勤務時間については使いませんわね」

自分に同調を示してくれるひとみに、智子が再び頷く。

「そのあとすぐに、文句をつけるところを探すかのように全身をじろじろ見られました」

「なにか言われたんですか？」

はらはらしてリコは、思わず訊いてしまう。

「いえ、見た目の指摘は受けずに済みました」

こういってはなんだが、智子はどこにでもいる平凡な主婦である。さすがに、悪口の持っていきようがなかったか。

「でも、昼休みになると、お弁当箱について指摘されました。〝やだやだ、幸せなお母さんをアピールしちゃってさ〟と」

リコは、「どういうことです？」と尋ねた。

「上の娘が幼かった時のお弁当箱を使っているからです。娘は高校生で、もうハローキティのお弁当箱は持ち歩きません。デザインだけでなく、育ち盛りの子には小さすぎるんです。逆に、わたしのほうはダイエットが必要なので」

「わたしも、ミッフィーのお弁当箱を使ってます」と言ったのはひとみだった。「娘は嫁いで家を出ましたが、わたしはいまだに娘が幼稚園時代のお弁当箱を使ってるんです。なにか習慣で」

そうして、ふたりで、「ですよね～」と言うように頷き合っていた。

A美に対して最初のうちは笑顔でやんわり返していた智子だったが、その後もスマホカバーについて、「それ、ダサいね。わたし、キレエなものにしか興味ないんだ」と持ち物に関する否定は続いた。誰かと話していても、「それ間違えてるって」と揚げ足を取られる。そのくせ、言い回しが違っているのはA美のほうだったりする。家で相談すると、夫からは、「かかわらないほうがいい」と助言された。だがA美は隣の席なので、出社したら防衛手段がなかった。

「職場なのだから仕事さえきっちりしていればいい、そう割り切ろうと考えました。でも、彼女のいいかげんな働き方に、納得がいきませんでした」

毎朝当番制で掃除をするのだが、A美は目に見えるところをささっとするだけで、面倒な雑巾《ぞうきん》がけをいっさいしない。勤務中もスマートフォンをいじっていて、周囲が忙しくしていても知らんぷり。

「いわゆる〝社内ニート〟でしょうか？」とリコは発言する。「仕事がまったくできず、なのに努力もしないという」

「うーん、ちょっと違うと思うの」

とひとみが笑みを含んだ目をこちらに向ける。そうして、智子とリコを交互に見ながら続けた。

「妙に要領がよくて、仕事は適当にサボっているけれど、なんだか認められている人ってどこの職場にもいるんです。ぜんぜん仕事ができないのなら排除されるんですけど、ここぞというところで要点をつかんだ、うまい処理の仕方をする人。で、上から認められている。腹が立ちますよね」

「そう、そうなんです」智子が、分かってくれたんだという表情になる。「もっとも受け入れがたいのが言葉遣いです。いくら社員だからといって、齢上のパートに対して敬語を使わず、小バカにしたような口のきき方をします」

こうした態度について、上司にも相談した。しかし、A美は仕事ができるという評価が固まっていて、相手にされない。ほかのパートも見て見ぬ振りだ。

「相沢さんが一番許せないのは、齢上のパートさんたちに対する失礼な口のきき方なんですね。それでも上司から注意を受けるようなことはないと？」

ひとみの言葉に、「はい」と智子が返事をする。

「ほかのパートさんたちは、なにも言わない？」

「はい」

「皆さん、ずいぶんと寛大なんですね」

これに関しては、返事をしなかった。なぜだろう？　とリコは思う。すると、智子が言った。

「彼女のような人間に対しては、柳に風と受け流せばいい――それは分かっています。初対面の際に笑顔でかわせたのだから、それ以後だってなにを言ってきてもぜんぜん平気なはず。なんなら今度はどんな嫌味なことを言ってくるかしら、と楽しんでみるのもいいかもしれない」

そこまで言ってからうつむいた。そうして、首を振る。

「でも、わたしにはできなかった。器が小さいんです。それで、五年間慣れ親しんだ職場を離れることになってしまいました」

「初対面の時に、笑顔でかわせた相沢さんはすごいんじゃないかしら」とひとみが言う。「それまで会ったことのない人から、いきなり嫌な態度を取られたのに笑顔でかわせるなんて。相沢さんは対応能力がとても高いと感じます」

智子が顔を上げた。

ひとみが彼女を真っ直ぐに見つめる。

「そんな相沢さんが耐えられなかったんですから、よっぽどの相手ですよ。防衛は柔らかに、でよかった。剛を剛で押し返していたら、もっと疲弊してました。もちろん、あなたは器の小さい人なんかじゃありません。転職を考えたのは正解だと思います」

智子の表情が和らいでいた。

「なんだか話せてよかったです。靄《もや》が晴れたみたい」

ひとみは頷き返すと、ハローワークが提供する求人の探し方について説明し始めた。

ハローワークで探す場合は、来所者端末を利用する。自宅のパソコンやスマホを使ってハローワークインターネットサービスでも検索できる。午前中の今はハローワークの利用者が多く、二十台ある端末がすべて埋まっていた。

「家のパソコンで探してみます」と言って智子が席を立つ。「なるべく早く次の仕事を見つけたいんです」

智子は勤務先の雇用保険に加入していたので、基本手当を受け取ることができる。給付を受けながらゆっくり次の仕事を探す人もいるが、智子は急いで働く必要があるのかもしれない。

彼女の背中を見送りながら、「ひとみさん、さすがです」とリコはつくづく言う。「相手を、まずは全面的に認める。それで相沢さんは、今度の選択がよかったと改めて思えたんじゃないかって」

「ほんとにそうかしら」

と彼女が言う。

「え……？」

「確かにA美さんが現れなければ、相沢さんは五年勤めた職場を辞めずに済んだ。その点は、同情に値する。だから、こちらも彼女にはああした言葉をかけておいた。それは、あくまで傷の手当てとしてね。だけど、今度の選択がよかったと改めて思えるのは、まだ先なんじゃないかしら」

「それは、新しい仕事が見つかった時っていうことですか？」

「そうかもしれないし、また別のなにかかもしれない」

ひとみの言わんとすることが分からないリコだったが、意外な光景が目に飛び込んできて、「あれ？」と声を出してしまう。

「どうしたの？」

とひとみもリコの視線の先を追う。廊下の出入り口で智子が、ひとりの女性と対峙していた。女性が、なにか言ったようだ。それに対して、智子が唖然とした表情を見せていた。女性が、智子をその場に残し、真っ直ぐにこちらに向かって歩いてくる。ヒールの高い靴を履き、スーツをびしっと着こなした、バリキャリといった印象の長身の女性である。

――まさか彼女がA美!?　と一瞬、リコは警戒する。しかし、A美は三十代のはずだ。こちらにやってくる女性は、智子と同じ四十代半ばに見えた。

智子のほうは口をぽかんとあけ、バリキャリ女性を見送っている。だが、すぐに逃げるようにその場から立ち去った。

女性が、ひとみとリコのいるカウンターの前で歩を止める。ハローワークのくすんだ空気の中で、彼女の姿はなかなかにパンチが効いたビジュアルだった。

「相沢さんは、求職の相談に来ていたのかしら？」

と訊いてくる。

「ご存じなんですか、相沢さんを？」

とリコが言ったら、それを制するようにひとみが、「ご相談でしたら、受付を通していただけますか？ 順番にお呼びいたします」と返した。

「おあいにくさま」バリキャリ女性が冷ややかな視線を向けてくる。「わたくしは、求人登録で来たの」

「失礼いたしました」とひとみが言い、「求人受理窓口は二階になります」と案内した。

「へえ」彼女がひとり呟き、皮肉な笑みを浮かべる。「相沢さん、あの会社を辞めたんだ」

そうしてハイヒールの踵《きびす》を返し去っていった。

「マンマミーアちゃん」と、ひとみが声を低くする。「ハローワークに通っていることを知られたくない求職者もいます。来所された方から〝相沢さんは、求職の相談に来ていたのかしら？〟と訊かれて、簡単に個人情報を明かしてはいけませんよ」

リコは、受付の亜紀から聞いた話を思い出し、「すみません」と謝った。

3

翌週、再び智子がやってきた。

「今日は就職の相談ではないのですが……」

彼女は、ひとみとリコの向かいに座った。

「どうしました？」

ひとみが、柔らかく彼女を受け止める。

「あの……」と智子がなにか言いかけ、少しためらったあとで意を決したように話し始める。「とてもショックなことがあって、混乱しています」

ひとみは急いで先を促さず待っている。リコも待った。

「職場いじめで辞めた女性と偶然、再会したんです」

その女性の名前は関根理沙《せきねりさ》。勤めていたのは四年前で、当時は四十一歳だった。服やバッグはブランド品を身に着けている。勤務時間は一日四時間、週四日に留めていた。

「生活に余裕があるくせに働いているようで、必死でパート勤務しているわたしたちには疎ましい存在でした」

必死でパート勤務——それで智子は急いで仕事を見つける必要があるのか、とリコは思う。

「服装が鼻につくだけではありません。はっきり言って関根さんは〝仕事ができない人〟でした。彼女は、皆からなにかと言いがかりをつけられ、つらく当たられました。お昼を食べる時も仲間外れにされたり……。それで退職したんです」そこまで語ったあとで、「あ、わたしは直接いじめはしませんでした。見て見ぬ振りはしましたが」と付け足す。

リコは、ちょっぴり違和感を覚えた。

「先日、関根さんから声をかけられました。ここでです」

「ここって、アズマでですか？」

思わずリコは訊き返す。

「ええ。先日の相談の帰りがけにです」

じゃ、あのバリキャリ女性が関根理沙ということなんだ！　しかし、おかしい。彼女は〝仕事ができない人〟には見えなかった。そこで、やはり違和感を覚える。

「わたしが出入り口に向かって歩いていると、廊下で立ち止まってこちらをじっと見ている女性がいたんです。関根さんだ、とわたしは気がつきました。彼女が近づいてきて、〝あら、お久し振りです。皆さんお元気？〟と声をかけられました。わたしは〝お久し振り〟とだけ、かすれた声でやっと言いました。そのあと関根さんがこう言ったんです。〝あなたたちのことは一生忘れません。忘れられないです〟と。わたしは、彼女の静かな怒りを感じて、怖いような、それでいて申し訳ないような気持ちになって身体がこわばりました」

ひとみとリコが目撃したのは、まさにその瞬間だったのだ。

「でも次の瞬間、わたしはこうも思いました。いじめたほうも悪いけれど、仕事ができない人だったし、職場に目立つ格好で来るし。いじめられたほうにも原因はある。どっちもどっちだ、と。そうですよね？」

同意を求めてくる智子に対して、やはりリコは違和感を覚えていた。

「すみません、こんな話をしてしまって。だけど、家族以外の誰かに聞いてほしかった。そうでないと、求職活動に集中できなくて」

「その相沢さんて求職者の言い分に、マンマミーアは違和感を覚えたってことか？」

と向かいの席の高垣が言った。

「ええ」

と、庶務課の自分の席に戻ったリコは応える。三階奥のカウンター内が庶務課だ。

「相沢さんも、いってみれば職場でいじめを受けて退職したわけだよな」

「ですね」

「南雲さんはなんて言ってるんだ？」

「相沢さんが一度目に来庁して帰ったあと、あたし言ったんです。ひとみさんとやり取りしたことで、五年勤めた会社ではあるけど、辞めたという選択がよかったと相沢さんは改めて思えたんじゃないかって。そしたらひとみさんが〝今度の選択がよかったと改めて思えるのは、まだ先なんじゃないかしら〟って」

「どういう意味だ？」

「さあ」と首を傾げてしまう。「まるで、判じ物ですよね」

「なんだ、そのハンジモノって？」

リコは口を押さえそうになる。昨夜、ボックスで持ってるＤＶＤの大川橋蔵《おおかわはしぞう》版『銭形平次』を観てたら、浮世絵に隠された謎解きを、平次が判じ物と呼んでいたのだ。恋女房のお静役は、八千草薫《やちぐさかおる》もかわいいけど、やっぱり一番長く演じた香山美子《かやまよしこ》が雰囲気だよな。

「私は、少しほっとする思いがしたよ」

そう言ったのは神林だった。神林の席は高垣とリコが向き合うすぐ横にある島端、いわゆるお誕生日席だ。自分たちの隣からカウンターに向かっては、四人の支援員さんの席である。

神林がなおも話を続けた。

「〝あなたたちのことは一生忘れません。忘れられないです〟と関根さんに言われた相沢さんは、彼女の静かな怒りを感じ、怖いような、申し訳ないような気持ちになったという。正直そこに救われた気がしたんだ」

高垣もリコも、神林の言葉に聞き入っていた。

「いじめは悪だ。弁解の余地はない。見て見ぬ振りをした者も同じ。いじめに加担したも同然なんだ。仕事の手際がよくないのなら、教えてあげればいい。職場にふさわしくない格好をしていたら、そう諭せばいいんだ。言いがかりをつけていじめる仲間がいるのなら、黙認するのではなく、やめさせなくては。見て見ぬ振りをしておいて、自分は直接いじめなかった、などとは言い逃れだ」

そうなんだ、あたしが感じた違和感はこれなんだ。でも、トーカツのように断言できなかった。ぼんやりとした違和感を覚えただけ。なぜならあたしにしたって、いじめを目にしても、せいぜい自分がそれに加わらないだけで、やめさせる勇気までは持ち合わせていないから。正義を貫くっていうのは、チーズケーキの角をフォークでスッと切り崩すような、いさぎよい決断が必要だと思う。

「いじめられるほうにも理由がある？　そんなものはない。弱い者に、なにひとつ原因などないんだ」

神林がいつになく強い調子で言い募る。正義派なのだ。ちょっと反発も感じて、リコは返す。

「それを、相沢さんに伝えるべきなんでしょうか？　どっちもどっちという理屈は成り立ちません、と。そして、見て見ぬ振りをしたのは、いじめに加担したも同然だと」

向かいの席で、高垣も真剣な表情で神林を見ている。

「そうではない」と神林が、今度は静かに諭す。「前にも言ったな、我々がすることは、求職者について知ることなんだ、と」

——そう、相手がどういう人なのかを知る。その人がどう動きたいかを知るために。

「それに相沢さん自身も、きっと後ろ暗く感じているのだと思うよ。だから家族にも話せず、きみたちのところに相談に来たんだ」

ハローワークにやってくるのは、就職相談のためばかりではないとリコはまた考える。

「ところで、マンマミーア君」と神林に呼びかけられる。「マザーズコーナーでの研修の一環として、マザーズハローワークに行ってくるといい」

「マザーズハローワーク、ですか？」

神林が頷く。

「子育てをしながら働きたい方の就職支援を専門に行うハローワークだ。私からマザーズハローワークの室長に、きみが行くことを話しておこう」

お昼はたいてい休憩室で、買ってきたお弁当を食べる。休憩室はあまり広くないので、相談員がまず先に使う。十二～十三時の時間帯はプロパー職員が窓口対応し、お昼休みをずらして取るのがもっぱらだ。ただし研修中のリコは、相談員と合わせて休み時間を取っている。

リコは手に財布だけを持ち、近所のコンビニへ向かうため階段を下っていった。三階建てのハローワーク吾妻にも、エレベーターはあった。だがそれは、もっぱら来庁者が利用するための設備であって、職員は健康と節電のために階段を使うようお達しが出ている。二階まで下りたところで、バリキャリふう女性と出くわした。

「関根さん」

思わず彼女の名前を発してしまう。リコは、口を手で押さえそうになる。

「あなた、この間、相沢さんの職業相談を担当していた人よね」そう言ったあとで、

「わたくしの名前を知っているということは、彼女から事情を聞いたわけね」

どこまで話していいものか迷う。

すると、彼女が名刺を差し出してきた。

「求人をお願いしている株式会社イーストサイドネットの関根理沙よ」

それでリコも、自分の名刺を渡しながら名乗る。

「間宮さん、か」

理沙が、名刺を眺めつつ繰り返した。リコの名刺には〈東京労働局　ハローワーク吾

妻　間宮璃子〕と記載されている。尚江や久米、ひとみであれば、〔就職支援ナビゲーター〕という肩書や取得している国家資格などが記載されている。神林のような〔統括職業指導官〕という役職もない。自分はまだ、所属部署すら決まっていないのだ。

理沙は名刺交換し、ハローワークに求人を出している企業の社員であることをリコに改めて認識させ、話しやすくさせたのかもしれない。

「相沢さんは話したんでしょ、わたくしが、〝皆さんお元気？〟と声をかけたことを。そして、〝あなたたちのことは一生忘れません。忘れられないです〟と告げたことを」

理沙の誘導に乗って、リコはまんまと口を割る。

「相沢さんはそれを聞いて、〝怖いような、それでいて申し訳ないような気持ちになって身体がこわばりました〟と」

「〝怖い〟？　そう思うなら、わたくしに対するくだらない嫌がらせをやめさせればよかったのに。仲間にさえ加わらなければいいって、そんなものじゃないはず」

この人の静かな怒りを、リコは感じた。

「でもね、感謝している部分もあるのは事実。あの職場では、ずいぶんと仕事を押しつけられた。おかげで、わたくしの事務能力が高まったの。〝皆さんお元気？〟にも、〝あなたちのことは一生忘れません〟にも、少しばかりの感謝をこめていた。というのもね、わたくし以前は航空会社の客室乗務員だったの」

「キャビンアテンダントだったんですか!?」

そう言われれば、確かに雰囲気がある。

理沙がにやりとして頷いた。そして語り始める。以前から経営改善が求められていた航空会社がついに経営破綻し、特別早期退職制度の募集が発表された。四十歳を過ぎたキャビンアテンダントの理沙は経営陣への不満と、仕事への未練、そして憧れて入った会社へのどうしようもない愛を抱えつつ、厳しい選択を迫られた。今なら退職金が六ヵ月分上乗せで支給される。破綻しているにもかかわらず、退職金をもらえるのはありがたい。今辞めないと、次に早期退職制度が募集されても、条件がより悪くなるのは明らかだ。あるいは整理解雇が待っているかもしれないではないか。四十一歳で独身の理沙は、職場と決別した。

不安だらけの出発だった。航空会社で培ってきた経験を頼りに、マナー講師として採用してくれる会社を見つけるつもりだった。養ってくれる人などいない。不安という暗闇から逃げ出すため、退職した翌日からでもすぐに働きたかった。航空会社が契約した再就職支援サービスのカウンセラーに相談すると、接客やコミュニケーション関連の講師は飽和状態だと知らされた。支援会社のパソコンでカウンセラーが求人検索するが、希望の求人は見つからなかった。

「わたくしはハローワークへ行った」と理沙が言う。「雇用保険の給付を受けるためにね」

受給手続きだけは、自宅の住所を管轄するハローワークのみの受付となる。理沙は当時住んでいた港区のハローワークに行った。受給手続き後は、相談窓口で職業紹介を受けるなど積極的に求職活動を行うことがワンセットだ。

「対応してくれたベテランの女性相談員が、わたくしの記入した高望みすぎる求人申込書に目を通した。〝そんな仕事は、ここでは見つかりません〟と言われ、見放されるものと覚悟していたの。ところがその人は、〝一緒に探しましょうね〟と言ってほほ笑んだ」

だが理沙のほうは、ハローワークで自分が希望する仕事など端《はな》から見つかるはずがないと考えている。来所者端末の前に座ることもなく、ハローワークをあとにした。今は飽和状態らしいが、マナー講師の求人があれば支援サービスから連絡がくるはずと信じていた。

再就職するまでは、退職金を取り崩していくことになる。節約もだが、今後の生活設計を見据えれば働くしかない。働いて、入ってくるものを少しでも増やして、出ていくものを減らしていく。仕事が見つかったら、家賃の高い今のマンションから引っ越そう。退職したことは、それまでの暮らし向きを見直すチャンスではあった。そうとでも思わないとやっていられない。

早く仕事を見つけなくてはと焦るのだが、支援会社からは一向に連絡がない。こちらから電話してみるが、カウンセラーから色よい返事はなかった。

「ＣＡは安全管理やマナー教育、英語力はあるけど、事務能力が不足しているの。スマホは使えても、ＰＣのスキルが高くなくて、ＷｏｒｄやＥｘｃｅｌなどの基本操作を学ぶ必要があった。だから転職する時、事務職を希望してもスキルがマッチしなかった」

とにかく仕事を得なければと考えた理沙は、ハローワークの職業相談コーナーに向かった。試みに〔最新求人情報〕とある掲示板に目をやると、医療やＩＴ、経理関連の求人が多い。どう転んでも、今から就けない仕事ばかりだ。

名前を呼ばれて窓口に行くと、いつか理沙が希望する仕事について〝一緒に探しましようね〟と言ってほほ笑んだ、あのベテランの女性相談員がいた。「怖い顔してますよ。眉間にしわを寄せて、暗い表情をしてます」いきなり彼女に言われてしまう。「怖い顔にもなります！」そう口答えしてやろうかと思った。だが、すぐさま彼女に、「骨折に気をつけてください」と告げられ、言葉を失う。「なんの統計にも出てきませんが、求職活動中の人の傾向としてケガ、特に骨折をする人が多いのです。断トツは足の骨折。松葉杖で就職講習会に参加するのを見かけるので分かります。原因は、うっかり階段から落ちた、けつまずいたという類《たぐい》。この期に及んで、足をすくわれるという感じですね。心ここにあらずだから、そういうケガをする」冗談とも本気ともつかない感じの彼女に、「はあ……」と曖昧な返事をするしかない。「パートタイマーで働いてみません？」といきなり彼女が提案してきた。「求職活動以外は時間を持て余して生活のペースが乱れがちになるでしょ。一日四時間だけでも働いていると、在職中と同じように規則正しい生活を送ることができますよ。それに、仕事をしている間は、とりあえず求職活動について忘れることができますし。なにより、幾らかでも稼いでいるという確かな実感が、生活に張りを与えてくれるの」これに対して理沙は迷った。パートで働いたせいで、雇用保険が減額されてはかなわない。「一日四時間、週二十時間未満のパートなら、減額はなくて、先送りになる。つまり、今支給されている基本手当の金額からパート収入分が引かれた金額が毎月の支給額になるの。そして、パート収入分の失業給付は来月以降に先送りになるってこと」

「わたくしは、ハロワで紹介された住宅会社でパートを始めた。そう、相沢さんがいたあの職場よ」と理沙が言った。「働き始めてみると、自分の事務能力のなさがつくづく分かった。なにしろ、コピーもまともにとれなかったんだから」

先輩パートたちは理沙のことが気に入らないらしく、当てつけや皮肉と一緒に仕事を押しつけてきた。Ｗｏｒｄの文書作成も、Ｅｘｃｅｌの表計算も、分からなくても教えてもらえないので、ひたすらパソコンをいじって理解するしかない。出費は痛かったがノートパソコンを買って、家でも練習した。ある時、座談会の文字起こしを言いつけられた。出席者は建築家四人で、話しているのが誰なのかを理解するだけでも大変だった。専門用語も多い。二時間半の座談会を録音したＣＤを、パート四人で手分けして行う作業を理沙ひとりがやらされたのだ。五日間で仕上げなければならない。ＣＤを社外に持ち出せないので、家では漫才のライブを聞いてＷｏｒｄで文字起こしする訓練をした。ボケとツッコミ双方が早口でまくし立てるネタに、理沙は笑いながらキーボードを叩く。

「わたくしは文字起こしをしながら、改めて自分と向き合っていた。わたくしは友人が少ない。パソコン操作が苦手なように、人付き合いも苦手だと分かった。フライトでお客さまと接するのだって、仕方なくしていたのだ。恋焦がれて就いた仕事だったのに、天職ではなかったことを改めて知ったの」

――夢をかなえて就いた仕事が天職でなかったのを知る、それはどんなにかつらいことだろう、とリコは思う。

「それだけでなく、わたくしは強がってはみせても実はプレッシャーにも弱く、性格も弱かった。パートの職場にスーツを着ていくのは、鎧《よろい》で防御しているのと同じだ。まずは自分の弱点を認めることにした。そのうえでもっと強くなろうと決心した。いつの間にか涙が流れ、パソコンのモニターが滲《にじ》んで映った」

パート勤務は、彼女にとって自分さがしのインターンシップだったのだ。そして、智子から話を聞いた時に感じたもうひとつの違和感――理沙という女性が職場いじめに遭うようなタイプに見えなかったことについても、その真相を彼女自身の口から知った。

「あなた今、思わなかった？　この人っていじめに遭うようなタイプだろうかって」

「あ、いえ……」

「たとえどんな人間であれ、いじめられた側は生涯それを忘れない」

理沙の静かな怒りが、再び強くなる。それがふっと緩んだ。彼女の顔に笑みが浮かぶ。

「一方で先輩たちから押しつけられた実務の中で、否応なく自分のスキルが上がっていった」

彼女は笑みを張り付けたままでいたが、目は笑っていなかった。

「新入りのわたくしは、パートで一番低い時給だった。けれど、人の三〜四倍働いた」

「職場でお昼を食べる時にも関根さんは仲間外れにされていた、と相沢さんが」

「わたくしの勤務時間は、お昼休みを挟んで十時〜三時までの四時間。でも、残業が多いと失業給付に影響が出るから、時間内で仕事を終わらせなければならなかった。そのために、お昼休みをとらずに集中したの。そしたら、聞こえよがしな悪口も耳に入らなくなった。上司は、パートたちがなにをしているかも知っていたし、わたくしがお昼休みをとらないことも知っていた。それでも、なにも言わなかった。ひどい職場だったけれど、だからこそ仕事ができないわたくしでも採用されたのだと開き直った。仕事を覚えると、自分なりの工夫を加えるようになっていった。おかげで、こうやって今の会社で正社員として働けている」

ふと彼女が、リコが手にしている財布に目を落とす。

「もしかしたら間宮さん、お昼休みだったんじゃない？」

「大丈夫です」

と応えたら、向こうも遠慮なく話を続けた。

「今日は求人票の修正にきたの。自社のＰＲを、三百六十五日二十四時間、無料で、全国五百ヵ所以上のハローワークとインターネットでプレゼンし続けることができるのが求人票なの」

ハローワークを訪れるのは求職のためばかりではない。この場所を積極的に活用しようとする人たちもやってくるのだ。

「わたくしは今、ＩＴのベンチャー企業で採用を担当しているの。小規模な職場で、日中に集中して業務を行う必要がある。うちの会社では、十時〜お昼過ぎくらいに問い合わせの電話やメールが集中してしまう。これに対応してくれるスタッフが欲しいの。電話対応、来客対応は、やはり女性がソフトよね。しかも、三十〜四十代で職務経験があって社会性のある女性なら打ってつけ。そう、まさにＣＡを辞めた当時のわたくしみたいな人材が適任なの。求職活動をしながら一日四時間のパートをしていた頃のね。子育て中のママさんなんてぴったりだわ」

かつて求職活動をしていた彼女が、今は求人のためにハローワークを訪れていた。

「ところが性別制限、年齢制限ができないハロワで、〝総務スタッフ〟という属性で募集をかけると、年齢の高い管理職経験のある男性が応募してくるわけ。とはいえ、弱小ベンチャーにしてみれば、採用におカネをかけられない。求人の掛け捨て広告では、費用が出ていくだけでしょ。成功報酬型もあるけど、なにしろハロワは無料。やっぱりここに頼っちゃう。で、求人票にひと工夫しにきたってわけ」

ぼやき半分だが、充実して働いていることが窺《うかが》える。求人受理窓口のある二階フロアへと入ってゆく彼女を見送った。

4

渋谷駅を出ると、残暑の強い陽に晒《さら》される。リコは、マザーズハローワークを目指す。宮益坂にあるオフィスビルの三階だ。

「神林トーカツから連絡をいただいてますよ、〝うちのマンマミーアをよろしく〟って」

もう、トーカツ……。

リコを迎えてくれた橘《たちばな》真樹《まき》室長は、さばけた感じの四十代後半といった女性だった。骨太でタフな印象だ。

マザーズハローワークは、子育て中の就職活動をサポートし、仕事と子育てを両立するための専門型ハローワークだ。三階ワンフロアを借り切って展開している。

「中を案内しますね」

大柄な真樹について、見学させてもらう。

「ここでは、子育てママさん向けに利便性を考えた、物理的な環境が整えられています」

受付の前を通って、奥のほうにチャイルドコーナーが設けられている。アズマのマザーズコーナーの横にあるキッズコーナーとは規模が違う。授乳室も併設され、中にはおむつの取り換えの台やベビーベッドもある。

「チャイルドコーナーでは、派遣の保育士さんに見守りしてもらってます」

学齢前の男の子に、エプロンを付けた優しそうな若い女性保育士が絵本の読み聞かせをしていた。

「これなら、お子さん連れでも気軽に通ってこられますね」

ハローワークといえばカウンターばかりが並ぶ飾り気のない場所だが、ここは違った。所内は明るく、折り紙で作った花や動物などが随所に貼られ、さながら保育園のような雰囲気がある。

「子どもの泣き声がうるさいと、オジサンが受付を怒鳴りつけるような職安のイメージとは一線を画してます」と、リコは先日の経験を交えた感想をもらす。「ここに来ると、前向きな気持ちになれますね。気持ちが少し楽になるって感じです。なにかに出会えるかも、という思いになれます」

「設備だけじゃないんですよ。利用者に合ったサービスのカスタマイズを行ってます。たとえばこの来所者端末」

と真樹がチャイルドコーナーの前に並ぶ、空いている端末のひとつを示す。彼女がトップメニューにある〈特化求人からさがす〉をタッチすると、〈子育て中の方向けの求人〉〈託児施設のある求人〉といった専用メニューが現れた。

「求人先は子育てに配慮してくれてるところが多いです。ハローワークの傾向として中小企業が多いですけど、金額的に出せないという求人先には、一日六時間で週四日の勤務が可能とか、お子さんが熱を出したりした時の突発的なお休みに対応できたりをPRしては、とアドバイスしてます。たとえばひとりは子育て、もうひとりは介護をしている人といったように、プラスひとりの人員を確保することで体制を整えられると」

「へえ」

「女性がひとりでいる時は、個人の希望で就職します。けれど子育て中は、夫と子どもとの関係の中で就職しなければなりません。働ける時間帯のハンデがあるため、非正規の比率がどうしても高くなってしまうんですけどね。でも、フルタイムで働けるようになったら正社員の道が開ける企業もあります」

「協力的な企業が多いんですね」

と言ったら、真樹が、「うーん」と小さく唸る。「求人側は、子育て中の求職者というと二十〜三十代前半だと思っているんですけど、すでにそこにイメージのギャップがあるんですよね。現代は、三十〜四十代が子育て世代です。そうした、ある程度の就業経験もあり、社会マナーも備えた女性が安く雇えると企業側は考えている。地方公共団体もそう。たとえば図書館司書は難しい資格なのに、最低賃金で求人しようとする。求人側の矛盾した考えを、まず修正してもらうところから始まるの」

「なるほど」

真樹がリコに頷き返す。

「子育てに理解を示す企業であっても、現場で働く人たちにママさんの気持ちや立場を察することができなければダメだしね。特に、子育て中のスタッフが多くいるところは難しいの。〝なんで、あなたにはできないの?〟ということになりかねないから。〝あたしの時は、こうだったのよ〟と。しかし、そういう彼女のほうには、身内の援護があったりしてね。むしろ、子育て中の人がいない職場のほうがよかったりする」

いつの間にか真樹は、ざっくばらんな調子で話していた。こちらのほうが、彼女の素なのだろう。

「ここに来る人たちはね、ちょっとしたお小遣い稼ぎのために働こうとする人は少ないの。ダンナのお給料が減って、自分が生計を支えなければならないという人が多いのが実情」

「なるほど」

再びそう相槌を打つリコに向けて、真樹が頷き返す。

「マザーズハローワークの立地上、渋谷や目黒に居住する上場企業の退職者やCA経験者などがいる。そうした人は求める賃金が高い。そのわりに、CAの人だと事務の仕事をしてこなかったでしょ。仕事と家庭の両立を考えて、十〜十六時の事務職を希望しているのに採用に行き着けない」

理沙の経験談を思い出した。

「その一方で、海外ブランドの販売をしていた女性で、元はマネージャークラスのスーパーバイザーだったという経歴の人がいる。複数店舗を監督していて、部下が二百人いたなんて面接で言うと、オーバースペックだと断られてしまう」

笑うに笑えない話だ。

「そうした求人先と求職者のギャップを埋めるのが、マザーズハローワーク専門のナビゲーターたち。全員女性で、仕事と子育てのエキスパート。ナビは専任で予約制。窓口で紹介を受ける時に、勤務時間などの条件緩和の交渉もする。そういったデジタルデータでは得られない、人を介したサービスを受けられるのが、こうした専門施設に通うメリットだと思う」

ナビゲーターは八人。今も各ブースで、求職者の相談を受けている。

「あのカウンターの隅の席にいる人ね」と真樹が視線を送る。「自分はゆっくり子育てしたいのに、〝なんで家にいるの？〟と夫に言われてしまうらしいの。彼としては働いてほしいのね。近所に住んでるお姑さんからも〝なんで働かないの？〟と言われる。女も自立しなければという考えが強いお姑さん。その母親に育てられた夫なので、同じ考えなのね。彼女としてはハローワークに来てれば、仕事をさがしていると思われるからやってくる。いわば避難場所。いろんな人がやってくるのよ、ここは」

それならばアズマだって一緒だ、とリコは対抗意識を持つ。そうした人たちの相談相手になってる。……と、いつの間にか自分にも、愛所意識が芽生えたか？

真樹がドアを引くと、そこは正面にホワイトボードのある、机が並ぶ一室だった。窓の外に、宮益坂のケヤキ並木の緑が見える。

「ここはセミナールーム。元の仕事が販売員だったり、ブランクがあってパソコンに馴染みのない女性向けに無料講習会を開いてる。面接の立ち居振る舞いや、復職するのに不安な女性の気持ちを上げる講習会も開講してる。とにかくもっと知ってもらって、利用してもらいたいの、マザーズハローワークを」

真樹の愛所精神は本物だ、とリコは感じる。

「あたしも、ここを利用したくなっちゃいました」

思わずそう口に出た。

「マンマミーアさんも、結婚して子育ての際には、ぜひ利用してちょうだいね」

「あたしはハローワークを辞めたりしません！」

冗談で言っているに違いない真樹に向けて、ついむきになったもの言いをしてしまった。自分にしても、女は仕事を持って自立しなければという考えが強い。一生働くつもりで国家公務員になったのだ。母とは違う。

真樹は、何事だろう？　という表情をしていたが、「アズマはチャコ所長だったわね」と話題を逸らした。

〝チャコ所長〟とは、ハローワーク吾妻の所長、丸山久子《まるやまひさこ》のことだ。アズマでは、正規、非正規にかかわらず、職員全員がそう呼ぶ。チャコ所長と。

「わたし大好き、チャコ所長のこと。一生懸命でしょ。〝目の前のひとりが、自分の身内だと思いなさい〟って」

「ええ」

久子の話題を持ち出されても、アズマの職員になってまだ日の浅い自分にはよく分からない。それとは別に、ハローワーク職員の採用試験で、久子はリコの面接官だった。

「室長」と女性ナビゲーターのひとりが歩み寄ってくる。「例の急ぎの件、専用求人コーナーに出ていたテスターの仕事が決まりました」

それを聞いて、真樹が瞳を輝かせる。

「よかった！　お疲れさま」

そう声をかけると、ナビゲーターも大きな笑みを浮かべる。そしてリコに向け軽くお辞儀すると、潑剌《はつらつ》と去っていった。

「〝例の急ぎの件〟てね、子育てしながら働きたい女性を、三ヵ月以内に復職させる必要があったの。彼女、派遣切りに遭ってね、子どもが認可保育園に通っているんだけど、三ヵ月以内に出なければならない」

「そんな」

とリコは思わず声をもらす。派遣切りに遭ったうえに、子どもが保育園を出されたら仕事も見つけられないし、働けなくなるじゃないか。そんな仕打ちがあるか⁉

「仕事を辞めると育児可能と評価されてしまうわけ。だから、どうしても三ヵ月で仕事を見つける必要があった。その人の専門は情報工学でＡＩ系研究職に就いてたの。でも、そういう専門性のある求人てないでしょ。派遣で事務職に登録したんだけど、まったく採用されない。対人力もあり、キャリアからパソコンのスキルも申し分ないんだけどね。〝これは、求人を探す媒体が違うのではないか？〟って彼女自身が思い、マザーズハローワークに来たの。そしたら、専用求人コーナーにソフトウェアの動作の検証をするテスターの仕事があった。ここは、さっきのナビゲーターさんが、以前紹介したことのある職場で、時給がいいことも覚えていたの。そして、前職がSEでなければ通らない職種でもあった」

それを聞いてリコもほっとする。

「なによりでした」

真樹が頷く。

「ナビゲーターさん本人もね、子育て中に就活した経験がある。最終面接で〝子育て中の方は採用できません〟とはっきり言われたって。結婚で退職する人は少ないけど、子育ての段階でキャリアを捨てざるを得ない人が多い。彼女は自分の経験から、そんな状況を変えたいってこの仕事に就いたの」

ここで働く人たちの姿を見て、マザーズハローワークに来てよかったとリコは思う。

「もうひとつ見せたいものがある」

真樹が立ったのは壁のボードの前だった。ボードいっぱいに求人票が貼られている。

「これが、さっき話題に上った専用求人コーナーよ」

税理士事務所や会計士事務所などの求人が目立つ。事務系が多かった。会社の外観や、職場内の写真もあって判断材料になる。〔新着!〕〔英語力を活かせる〕〔正社員〕〔退職金制度有り〕などの欄に〔ｃｈｅｃｋ〕〔ｐｏｉｎｔ〕といった手書きのアイキャッチの付箋がある。

「一般求人を取り下げ、ここマザーズハローワークだけの専用求人として貼りだされているの。見やすいよう、興味を惹きやすいよう、ニコちゃんマークや、ラインマーカーを引いたりね。いずれの求人も、うちの職員が実際に足を運び、聞き取りをし、職場の写真撮影も行ってきた。マザーズハローワークの専用求人に出すと、倍率が下がって、求人側も求職者側もウインウインになる。求人側にしてみれば、欲しい人材を着実に採用できるってこと」

それを聞いて、リコははっと思いつく。

「橘室長、ぜひ専用求人に出したい会社があります!」

「おかげで、理想の人を採用することができたわ」

と理沙が言った。

「よかったです」

リコも自然と笑顔が咲く。

マザーズハローワークの専用求人のことを理沙に伝えると、ぜひにと彼女が動いて、今回の採用に至ったのだった。

「それがね、採用した彼女も元ＣＡなの。退職したばかりのわたくしと同じく、事務能力は今ひとつ。だけど、接客マナーは心得ているし、英語も話せる。子育て中で、十時〜お昼過ぎまでという、うちが希望する勤務時間にもぴったりで、まさにウインウインだった」

理沙はそれを伝えるために、わざわざ来てくれたのだった。ふたりで、一階の廊下で話していた。

「ハロワには恩を感じているの」と彼女が言う。「今いるＩＴベンチャーを紹介されたのも、ハロワだったから。求職活動に行き詰まっていたわたくしに、〝パートタイマーで働いてみません？〟と勧めてくれた同じ相談員の人が、〝そろそろ正社員にチャレンジしてみては?〟と言ってくれてね。〝事務の仕事にも慣れてきたようですから〟って」

「そうだったんですか」

理沙が頷く。

「確かに、その相談員さんに紹介されたパート求人はひどい職場だった。それを相談員さんに伝えれば、すぐに辞めたほうがいいと言ってくれたはず。でも、わたくしはそれをしないで耐え抜くことを選んだ。再びハロワを訪れた時、相談員さんは、わたくしの変化を感じて正社員の求人を紹介してくれたんだと思うの」

理沙は少しも弱くなどない。強い人だ、とリコは思う。

「採用が決まって、相談員さんに感謝を伝えたかったんだけど、港区のそのハロワから異動になっていた。だから、今度はしっかりとあなたにお礼が言いたかったの」

リコのほうも、「ありがとうございます」と頭を下げる。

「あとね、もうひとつ伝えたいことがあった」と理沙が改めて視線を向けてくる。「相沢さんについてはこうも思ったわ。彼女は、けっして仕事を押しつけようとはしなかった、と。きっと仕事が好きなんだろうって」

「相沢さんは、仕事が好き。働くことが好きだとおっしゃるんですね?」

理沙が、今度はゆっくりと頷いた。

そうだったのか、とリコは気づく。智子が急いで新しい職場を探している理由、それは働くこと自体が好きだからなのだ。

「彼女、あの職場から離れて正解ね。人の悪口や仕事の愚痴が蔓延してるパート仲間のいないところに移ったほうがいい。彼女、仕事が好きなんだし、一生懸命働くから次の職場はすぐに見つかるはずよ」

そう言ったあとで、またにやりとした。

「もっともそれはうちではない。いじめに加わらなくたって、見て見ぬ振りをしているのなら、それは加担してるのと一緒。でも、完璧な人間なんていないしね。そこはトレードオフ。働き者の相沢さんを、欲しい会社はあるはず」

齢上のパート社員に対してA美が失礼な口の利き方をしても、彼女らはなにも言わない。このことについてリコが「皆さん、ずいぶんと寛大なんですね」と感想を伝えたら、智子は黙っていた。彼女が五年勤めたのは、パート仲間で結託していじめを行い、上からの評判がいい女子社員に仲間のひとりが意地悪されても見て見ぬ振りをする職場だったのだ。そんな職場を去ったのは、悪いことであるはずがない。そして、それに気づくのは、智子本人が働くことが好きなのだと自覚する時だろう。ひとみが口にした「今度の選択がよかったと改めて思えるのは、まだ先なんじゃないかな」という言葉の意味はそこにあったのだ。

「わたしの前後に面接を待っている人たちを見ると、自分よりも圧倒的に若いんです。こっちもだんだん諦めざるを得なくなってきました。それで、南雲さんの言うとおり、正社員登用もあるパートに切り替えることにしました」

編集職の正社員採用にこだわっていた安藤佳以が、ひとみに向かって言う。

「もうひとつ、子どものこともありました。〝学童保育は一〜三年生まで。五〜六年生になると補習塾や進学塾に通うようになる。四年生は、難しい年頃です〟って、南雲さんが説得してくれました。〝それまで家にいたお母さんが仕事をするようになると、息子さんは家にひとりでいるようになる。そうなると、親も子どもも不安なはずです。息子さんは、お母さんにいて欲しいはずですよ〟って」

佳以は、残業なしの、十〜十六時勤務の自費出版の会社に採用されたのだった。彼女が今度は、リコのほうを向く。

「あなた、『愛のゆくえ』をご存じですか？　リチャード・ブローティガンというビートジェネレーションの作家が書いた小説なの」

「ビート……なんですか？」

「あら、ご存じない？　自発的創造性を追求、開拓したボヘミアン快楽主義、非同調主義を標榜するアメリカの作家群よ」

「すみません。知りませんでした」

自分は時代劇オタクであって、面倒臭くて本は読まない。小説は特に。手にするとしたら昭和時代劇のムックくらいだ。

「ブローティガンの『愛のゆくえ』は、さまざまな人が書き上げた本を受け取り、登録し、保管する図書館に勤める主人公が語り手となるファンタジーなの。自費出版の会社に勤めることになった時、私はそれを連想した」

彼女は新しい仕事を得て、新しい生活を始めようとしているのだ。

「自費出版てね、ビンテージワインみたいなものだと思うの。少部数を発行して、評価が定まるまでに時間がかかる」佳以がそっとほほ笑む。「息子が、わたしと一緒にいたいなんて思うのは、あと一年か二年よ。それまでに仕事の成果を上げて、絶対に正社員になってみせるから」

新しい仕事を始めることは、新しい自分に期待することでもある。だが、その前に、こうじゃないといけないという人に、その人自身が変わってもらう必要があった。なにがなんでも正社員で――と希望しても、彼女は長年現場から離れていた。しかし、頭から「無理だよ」と言われれば相手も傷つく。まずは本人が受けたいという仕事にチャレンジしてもらう。ひとみは、ナビゲーターとしてそういう選択を取った。

リコは隣にいるひとみの横顔を見つめる。

ただし彼女は、求職活動する人を、どこかの職場に押し込んでしまえばいいと考え、安全策をとっているのではけっしてない。

先日、またパートで働こうとする智子にこう言った。

「なぜ正社員の仕事をさがさないのですか？」

「なぜって、ずっとパートで働いてきたからです」

そう応えた智子に向けて、ひとみはさらに告げた。

「相沢さん、お嬢さんは高校生で、もう子育てはひと段落していますよね。だったら、正社員として働きませんか？」

「わたしが、正社員？」

戸惑っている智子を見つめ、ひとみがしっかりと頷く。

「次は、女の人が固まっているような職場でないところがいいですね。雑談しながら仕事をするようなところはよしましょう。外回りの仕事があったり、自分の裁量でできる仕事。そう、企画営業や提案型の営業の仕事にしましょう」

「わたしにできるでしょうか？」

そう返しながら、智子の目は早くも輝いていた。

「相沢さんは働くことが好きなんですよね。きっと見つかります」

キャリアを重ねたナビゲーターは、求職者の心に寄り添うことができる。理沙が出会ったのも、きっとそんな相談員だったのだろう。

しかしこうも思うのだ。いくら心に寄り添える相談員であっても、求人先が本当によい職場かどうかまでは分からない。そんな時、自分たちにはなにができるのだろう、と。

ふと見たら、職業相談の窓口に高垣がいた。五十代のスーツ姿の男性と対面している。相手の人は誰だろう？　とリコは思った。庶務課の高垣が、事業所を紹介しているってこと？

第四章　出張相談

1

　二〇一九年（令和元）十月。リコがアズマの職員になってから七ヵ月目に入っていた。そして、今月から自分の指導員になるのは……。

「マンマミーア、乗るぞ!!」

　吾妻橋のたもとにある地下鉄の階段を下りると、ホームに電車が入ってきたのを見て高垣が猛ダッシュした。

「え、嘘!?」

　リコも慌ててあとを追い、自動改札を抜けると間一髪のタイミングで電車に飛び乗った。

「ふ〜ッ」

運動嫌いなリコは、この程度の走りでも息が切れる。ふと見やると、高垣はしれっとしていた。そう、自分の新たな指導員となるのが、この高垣なのだった。

「ガッキーさん、スポーツとかしてるんですか？」

「なんもしとらんよ。ジムに通ってる程度だな」

それで、充分だろ。

「だけど、まあ、おまえが同行することになってよかったよ」珍しく彼が好意的なコメントを寄せた。「今日の相談者は、今年新卒の女子だしな。おまえがいりゃあ、向こうも少しは話しやすいだろ」

「若い女子である点は、自信がありますけど」

「ところでおまえ、なんか浮き浮きしてネ？　俺と一緒に外出するんで舞い上がってるってか？」

コイツやっぱ、爽やかイケメンを鼻にかけてるだけで、頭の中は空っぽだ。

「にやついてるように見えるんでしたら、それはさっきスマホに通販サイトから商品出荷の通知があったからです」

「なに買ったんだよ？」

「脇息《きようそく》」

黙っていてもよかったのだが、しゃくだったので、ついそう言ってしまう。

「なんだよ、キョーソクって？」

「肘掛けですよ。もたれ掛かる道具。ほら、時代劇でお殿さまの脇に置いてある、あれ」

脇息があれば、晩酌タイムがますます充実すると考えたのだ。

「おまえ、本物の若い女子？」

地下鉄から私鉄に乗り換え、降り立ったのは目黒区内の地上駅である。阿久津が住むタワーマンションの最寄り駅でもあった。あの時は西岡雅実に付き添い、特例非公開求人の面接のためにやってきたのだ。

「こっちだ」

と高垣が先導する。阿久津邸に面接に出向いた際も、高垣が一緒だったっけ。そして、雅実はいったいどうしているのだろう？　と考える。雅実には「なにかあったら、いつでもいらしてください」と言い残してきた。だが、彼女がアズマに姿を現すことはなかった。昔は〝便りがないのはよい便り〟といったらしい。今は〝メールがないのはよいメール〟になるかといえばビミョーだ。もっとも求人者が相談員にコンタクトをとる手段は、ハローワークに行くか、電話するしかないわけだが。

リコに向けて雅実が最後に「ありがとう、マンマミーアちゃん」とささやいたのを思い出していた。

「この病院だ」

ふたりして広い車寄せを、正面玄関に向かって歩く。

「ほんとに病院で職業相談するんですね」

「ハローワークの職員はいろんなとこに出向くぞ。たとえば刑務所な」

職に就いている人より、職がない人の再犯率は高い。仕事を持つことは、犯罪防止の観点からも重要だ。刑務所にハローワークの職員が駐在し、刑務所と一体となって就労支援する取り組みを行っているそうだ。受刑者や少年院在院者などを対象にした、受刑者等専用求人もあるという。雇用を希望する事業主が刑務所を指定し、その刑務所にハローワークを通じて求人情報が提供される。マッチングがうまく進めば事業主が刑務所を訪れて面接し、出所前に就職先が決まる例もある。

「アズマでは、刑務所の駐在はないが、病院に訪問し、相談を受けることを行っているんだ。がん患者さんなど長期療養者の方の就職支援のために入院中、通院中の方の出張相談を受ける」と高垣が説明する。「定期的な通院の必要はあるが働きたい。自分の病状、体力に合った仕事を見つけたい。治療と仕事の両立の仕方について考えていきたい。しばらくぶりに仕事に戻ることへの不安を解消したい。仕事復帰に際して、どんなスキルが必要か知りたい。——そうした治療と仕事の両立のための手伝いをしようというわけなんだ」

「ガッキーさんは、庶務の仕事と長期療養者担当を兼務していたんですね」

アズマの一階相談カウンターで、来所者と面談している高垣の姿を見たが、そういうことだったか。

リコは表情が少しこわばってしまう。すると、目ざとく高垣が、「どうした?」と訊いてきた。

リコが小学校二年生の時、白血病で父は亡くなった。

「あ、いえ……」

とごまかしておく。高垣が続けた。

「長期療養者支援は、アズマでは昨年度から専門の担当が始まった」

「つまり、ガッキーさんが担当第一号というわけですね」

リコが快活を装って言ったら、彼が苦笑する。

「病院での出張相談――そのためには当然、病院との連携が必要になる。いかにハローワークが信頼してもらえるかが最初のハードルだった。〝ハローワークねえ……〟と気のない調子で言う医師に説明し、理解してもらうところから始まったわけだ。すでに同じ取り組みをしているハローワークはあって、俺もそこで研修を受けたんだ。しかし、アズマは独自に新しい病院を開拓しろ、と。それで、こうした出張相談もあるんだというのを知らない有病者の方と出会いの場をつくれ、と」

「それって、トーカツからの指示ですか？」

高垣が首を振る。

「チャコ所長だよ」

なんと、所長である久子からのトップダウンであったか。そうしてリコは、マザーズハローワークの室長、真樹が「わたし大好き、チャコ所長のこと」と言っていたのを思い出す。

「しっかし、チャコ所長も、俺みたいな経験の浅いヤツに無茶言うよな。そしたらさ、〝ガッキー君は、研修でハローワークのすべての部署の仕事を経験してるから大丈夫よ〟って」

「え、それじゃ、ガッキーさんも二ヵ月ごとに部署を異動する研修を受けたんですか⁉」

「ああ」と彼が応える。「アズマでは、新人職員はみんなこの研修を受けるらしいや。チャコ所長の方針でな」

この研修もまた、久子のトップダウンであったか。

「それでも、なんとかこの病院と協定することができたんだけどな」

と高垣が言い、正面玄関から中に入っていく。

そこでリコは、はっと気がついた。

「あの、これから面談するのって、あたしと同じく今年新卒の女子って言ってましたよね。じゃあ、彼女も――」

「こんなに若いのに、丈夫に産んであげられなかったわたしのせいなんですよ」

母親が泣きじゃくった。その隣で、髪をショートにしたセーター姿の島村七海《しまむらなつみ》が白い顔で座っていた。キレエな子だ、とリコは思う。だが、その表情は疲れた人形のようだった。無理もない。彼女は大腸がんの手術を受けたばかりなのだ。自分と同じ齢だというのに……。先ほどリコは、それに気づいてはっとしたのだった。

患者とその家族が適切でよりよい療養を受けられるよう、医師、看護師、医療ソーシャルワーカーが連携をとって支援を行う相談支援センターが各病院に設けられている。相談支援センターでは、治療費や生活費など病気にともなって生じる諸問題や悩みについても社会保険労務士など各相談員が対応している。高垣もこの病院の相談支援センターに定期的に通い、有病者の復職や就職相談を行っていた。

ナツミも退院後の検診に来た際、母親が「この子も、そろそろ働かないと」と医師に言ったところ、「それなら、週に一度ハローワークが病院に来る日があるから相談してみたら」となったらしい。

病院としては、これまで有病者から就職相談を受けた場合には「ハローワークですかねえ」と言うことくらいしかできなかったらしい。それが今では高垣がいることで、入院中の患者なら現場で相談ができるし、通院患者ならついでの相談が可能だ。病院側にしても、有病者の就労について情報が尻切れトンボになっていたところが、「実績として把握できる」と信頼を得るまでになった。「まさに労働と厚生が一体化した事業というわけだ」と高垣も胸を張っていた。

「この子ったら、自分でも便に血が混じっているのに気がついていたのに。それを放っておいて……」

「そんなことまで、この人たちに言わなくてもいいじゃない！」

ナツミがむきになって、母親の言葉を遮る。

「だってそうでしょ！」と母親のほうも黙ろうとしない。「もっと早く検査を受けていたら、こんなことにはならなかったのに！　お医者さまも〝ポリープのうちなら内視鏡で取れた〟って」

「手術も無事に済んだんだよ！」

「転移してたらどうするのよ！　がんはリンパにまで広がっていたって……」

「ねえ、いい加減にしてよママ。そのために抗がん剤の投与を受けてるんでしょ」

ナツミが処方されている抗がん剤は経口薬で、髪が抜けたりといった副作用はないという。それでも、体質に合わなければ手先や足先にしびれが発症し改善が難しい場合もあるそうだ。

「ともかく、あんたが病気を放っておいたから、せっかく決まった就職もダメになったんじゃないの。あんな大手の会社に採用されたっていうのに、よりによって入社検診でがんが見つかるなんて」

そのためナツミは治療に専念することになってしまい、入社は見送られた。

「とにかく」とナツミが、今度はこちらに目を向ける。「仕事を紹介してくれるなら、あたしが内定をもらったのと同等程度の企業にしてください。あたしは、たまたま病気になっただけで、そうでなければあの会社に勤めてたわけなんですから。それだけの実力が、あたしにはあると思います」

〝実力〟って、それはリクルートを勝ち抜いた際のことを言ってるんですよね？　今、自分の置かれている状況を理解できてます？　リコはそう思ったけれど、もちろん口には出さなかった。

「島村さんが、大企業への就職を希望する理由ってなんでしょう？」そう言ったのは高垣だった。「確かに一般的には、大企業のほうが社内制度は充実してるといえるかもしれません。たとえば、私傷病休職制度、あるいは時効消滅した有給休暇を積み立てて病気などで利用できる積立休暇、復職支援プログラムなんかも備えてる企業が多いようです。しかし、中小企業では、制度がなくても経営者や上司の配慮によって、休職や短時間勤務など柔軟に対応しているところもあります。それぞれにメリット・デメリットがあるってことです。自分に合った働き方ができる会社、自分の強みが活かせる会社という観点で選ぶことも大事だと思うんです」

すると疲れた人形みたいだったナツミの顔が、挑戦的な表情に変わる。

「ってハァ？　なーんにも分かってない。出遅れたあたしが中小企業に拾われたなんて知ったら、大学の同期がなんて言うか——。かわいそうな人って思われたくないの！」

「なんですか、アレは？」

ナツミと母親が相談支援センターのカンファレンスルームを出ていくと、リコは思わずそう言ってしまう。

「俺らの年齢っていったら、病気に縁がないだろ。彼女の同期にしても、〝がん〟のインパクトは大きいよな。これまでもいっぱい周りから過剰反応を受けてきたと思うよ」

いつもの高垣とは違うリアクションに、「さすがな意見ですね」と感心する。

「俺は、事実おまえよか大人だしな」

と、今度はいつものガッキーらしい鼻高《ハナタカ》の台詞《せりふ》をのたもう。まったくナニサマ？

その時、カンファレンスルームの開いているドアの前に、「あの、ご相談よろしいでしょうか？」四十代くらいの女性看護師が立っていた。

「どうぞ」

高垣が立ち上がって招じ入れると、彼女の背後のドアまで行って閉める。相談者がいない時には、誰でも入りやすいようにドアを開け放っていたのだ。

「患者さんの就職のご相談でしょうか？」

合板テーブルを挟んで彼女の向かいに座ると、高垣が質問した。

「いいえ、わたし自身の相談になります。よろしいでしょうか？」

彼女はそう切り出しながらも、どこか迷っている様子だ。

「はい、もちろん」

と高垣が明るく応える。自分たちはハローワークの職員だ。有病者でない人の職業相談にも応じる。

それでも、やはり彼女が躊躇しているのが見て取れた。

今日、相談支援センターでハローワークの職業相談が行われることは、廊下の掲示や病院のウエブサイトで広報している。それで彼女もやってきたのだろうが、相談員が若いふたりなので頼りなく感じたのかもしれない。

ためらいながら彼女が話し始めた。

「小学生の男の子ふたりを育てながら、パートでこの病院で働いています。実は、〝常勤になってくれない？〟と師長に言われて悩んでいます」

「それは、どうしてですか？」

頼りないかもしれないが、なんとか力になりたくてリコは訊く。

「パートの今でさえ、子育て中の自分には精いっぱいなんです。常勤は無理だと、頭では分かっています。ただ、好きな仕事を思いっきりしたいという気持ちも、わたしには捨てがたくあります。〝パートで働き続けたいなら、それでもいいのよ〟と師長は言ってくれ、わたしなんかに本当にありがたいお話だと――」

高垣もリコも、彼女が続きを語るのを待った。

「わたしは看護師という仕事が好きで、看護大の教員になる道もありました。でも、ちょうどその頃、ふたり目の子を妊娠中で切迫流産になったんです。それで、これからの人生は、授かったふたりの子どもを最優先に生きようと誓いました。あの時の選択は正しかったと思っています」そこまで言って、彼女は少し考える。「いえ、正しかったと思いたい」

彼女が小さく息をついた。

「上の息子が小学校高学年で反抗期に入ったらしく、ひどい暴言をぶつけてきます。子どもは残酷で容赦《ようしゃ》しません。時には〝死ね〟という言葉も口にします。命に携わる仕事に就いているわたしに向かって……。許せません。きちんと諭そうとしますが、聞く耳を持たない。手を上げそうになったこともありますが、いけないと思いこらえています。時には、子どものことで必死な毎日がバカらしくなることもあります。夫も多忙で協力は望めません」

そこで彼女は一度押し黙り、再び口を開いた。

「わたしの人生って、いったいなんなんだろうって考えるようになったんです。好きな仕事が目の前にあるのに、それに全力で向き合えないなんて……。ハローワークの方なら、〝せっかくのチャンスなんだから常勤で働いたら〟って背中を押してくれるんじゃないかと……」

「そう言ってほしくて、ここにいらしたんですか?」

高垣が返した。

「いえ、あくまでも相談です。仕事について迷っているので、ハローワークの方に訊いてみようと思ったんです。すみません、患者でもないのに」

「とんでもないことです」と高垣が前置きしてから、相談者の気持ちを次のように切り分けた。「仕事を取るか、母親としての生き方を取るか——ですよね。まずあなたは、子育ての最中とあっては、現状を変えるのは難しいと感じていらっしゃる。それに、〝ふたりの子どもを最優先に生きよう〟との過去の誓いについても、〝あの時の選択は正しかった〟と判断していらっしゃる。そうしたあなたの姿勢は微動だにしない。……とばかりは言えなくて、子育ての難しさに日々泣かされ、バカらしくなることもある。こうなったらいっそ常勤になって、看護の道を究めたい、そのようにも考えている」

「ええ」

と彼女が頷く。

「しかし僕には、現在あなたが直面している状況が、けっして無駄ではないように思えます」

「この状況がですか?」

彼女が、意味が分からないという顔をする。リコにも、高垣の言葉がなにを示すのか理解できなかった。

「常勤看護師の誘いを受けているのは、あなたが優秀なナースだからです。なるほど、過去には看護大の教員になる可能性もあった方ですものね。そして英語のｎｕｒｓｅは、傷病者の看護を行うだけでなく、養育を行う保育士、世話を行う介護士も含むことを、こちらの病院に通ううちに知りました。あなたは、仕事でも家庭でもナースであるわけです。子育ての経験は、看護師としてますます糧になるのではないですか？　そんな気がしてます」

「子育てにも看護師の仕事の要素がある——と」

看護師の彼女自身が驚いている。なるほど！　とリコも目からウロコの思いがした。

「つまり子育ては、看護師としての学びの時間でもあるというわけなんですね。考えてもみませんでした」

「僕らも仕事の中で日々学んでるんで」

その言葉に、彼女がわずかに瞳を伏せた。どうやらここにやってきた当初に抱いた、信用できないという気持ちを申し訳なく感じたらしい。

「そもそも」と、高垣が〝そ〟よりも〝も〟のトーンを上げ、あとはフラットな今風の発音で言うと、さらに続けた。「お子さんたちもいずれ反抗期を卒業して、親の手を離れ自立する時がやってくるはずです。その時こそ、あなたが常勤ナースとなる日ではないかと。それは、そんなに遠い先ではないような、です」

晴れ晴れした表情で、彼女がカンファレンスルームを出ていった。

「参りましたぞ」

リコは高垣に向け、平身低頭した。

五時で受付を終え、高垣とリコは相談支援センターを出る。病院の廊下を歩いていると、「高垣さん」と呼びかけられた。声のほうを見ると、三十代後半に見える白衣の女性が立っていた。

「あ、どーも」

高垣が親しげに返す。

「今日は、就職相談の日でしたね」

「そうなんです」と高垣が応えてからリコのほうを指さして、「うちの新人の間宮です」と紹介する。さすがに〝マンマミーアです〟とは言わなかった。

「栄養士の松雪茜《まつゆきあかね》です」

彼女が名乗った。物静かな、知的な雰囲気の女性だった。

「わたしもハローワークにお世話になったんです」と茜がリコに向けて言う。「四年前に入院先の病院で、就職相談を受けました。がんの手術を受けたあとのことです」

リコは驚きの表情を隠せない。

「そうだったんですか」

と言うしかなかった。

「でも、今はすっかり元気。と、そう言いたいところなんですが、病状は一進一退……」

茜の言葉に、リコも黙ってしまう。茜がなおも言った。

「で、ヘビーには働けないけれど、少しでも恩返しがしたいと今の仕事に就きました」

「恩返し、ですか？」

茜が頷く。

「以前は、ホテルウーマンとしてバリバリ働いてました。でも、病気で辞めることになって……。それでも、生きるために働かなくてはいけない。次になにをしようと思った時に、まず浮かんだのは感謝だったんです。自分を救ってくれた医療の現場への感謝」

リコは彼女の話に聞き入っていた。

「本当は看護師になりたかったんです。でも、自分の身体や年齢を考えるとそれは無理。それでハローワークの相談員の方に勧められ、補助金の給付を受けて管理栄養士の資格を取ったんです。おかげで病院付きの栄養士になることができました」

そこで高垣が、「ここに通うようになって俺、最初はすんごい戸惑ってたんだ。けど、松雪さんが相談支援センターに顔を出してくれて、今みたく自分もハローワークに世話になったひとりだって、励ましてくれてさ」と、彼女に笑みを向ける。

リコは、彼が口にした「ハローワークの職員はいろんなとこに出向くぞ」というひと言を思い出していた。

2

病院の正面玄関から車寄せに出ると、高垣がアズマに連絡を入れた。

「トーカツが、直帰していいとさ」彼がそう言ったあとで、「どっかでビールでも飲んでくか？」と提案する。

「あ、いいですね」

とリコは応じる。今日はパブリックイメージのガッキー……っていうか、あたし的イメージのガッキーとは別の一面をかい間見た気がした。

「奢《おご》るから」

「あ、割り勘でいいです。官官接待《かんかんせったい》になりますんで」

「ならねえだろ、そんなもん」

ふたりして夕刻の閑静な住宅地を歩く。

「駅前まで出ないと、お店ってなさそうですね」

「こういうとこにないかね、隠れ家風のよさげな店が」

隠れ家風の店にガッキーと行くっていうのもなー、とリコは思う。その時だ、前を行くふたりの姿を見て、「あ！」と思わず声を上げてしまった。

「なんだよ⁉」

高垣が驚いて顔を向ける。

「あれ、西岡さんです！」

そう言うと、リコは小走りになっていた。彼女が押している車椅子に座る老人は、阿久津である。その後どうしていたか、リコは気になっていたのだ。彼らのところまで一五メートルくらいだ。

ふたりは私鉄の踏切を渡ろうとしていた。だが、おかしい、ふたりの動きが止まっている。

「どうしたんだろう？」

隣をやはり急ぎ足で向かっていながら高垣が言う。

もしかして心中⁉　そんな考えがリコの頭をかすめた。

次の瞬間、高垣が叫ぶ。

「車輪が線路にはまったんだ！」

彼が猛ダッシュした。

「ええっ⁉」

リコも続く。

人と自転車だけが渡れるくらいの、古い小さな踏切だ。あたりに人影はない。雅実はなんとか車椅子を動かそうと懸命らしい。

「西岡さん！」

リコは大声で呼びかけるが、届かないようだ。いや、振り返る余裕などないのだろう。その時、踏切の警報が鳴り響いた。走りながらリコは、心臓が口から飛び出すかと思った。赤い警報灯が、目をきょろきょろ動かすように左右にいそがしく動く。カンカンという警報音が、普段よりもけたたましくて耳障りだった。

降りてくる黄色と黒の遮断機の腕木《うでぎ》の下を通って、高垣が踏切に入っていく。リコの前進を、降り切った腕木が完全に阻んだ。くぐろうとすると、「来るな！」高垣が振り返って、怒鳴る。「非常ボタン押せ！」

探すまでもなく、踏切の柱にある赤い非常ボタンが目に映る。透明カバーに覆われたボタンを思い切り押した。しかし、効果があったのか分からない。薄闇の線路の向こうから、煌々と明かりをつけた電車がどんどん近づいてきていた。プアーーン！　電車が警笛を鳴らす。二度、三度。

間に合わなかったんだ、きっと。リコは意を決すると、かがんで腕木をくぐり抜けた。そして、三人のもとに向かう。

カン、カン、カン……。踏切の警報が轟き渡る。電車の警笛が耳をつんざく。

雅実に代わって、高垣が車椅子の押手を握っていた。だが、押しても引いても車椅子はびくともしない。かといって長身の阿久津を、降ろしていたら間に合わない。リコも押手の一方を、高垣の手の上から両手で握った。

「手前に引くからな！」

彼の呼びかけに、「はい」と応える。

「せーの！」

力を合わせて手前に強く引っ張ったら、車椅子の前輪が線路の溝からぽんと上がった。

急いで踏切を渡りきる。雅実とリコとで重い腕木を持ち上げ、その下を高垣が押す車椅子が通り抜けた。自分たちの背後を、轟音とともに電車が窓から明かりを漏らしつつ疾駆《しっく》した。

「もう一緒に死ぬしかない、そう覚悟しました」

雅実がかすれたような声で言う。

かつて彼女の面接に付き添ってやってきた、阿久津邸の広いリビングにいた。高垣とリコとでふたりを送り届けると、「疲れたから、休むよ」と阿久津は寝室に入った。どうやら、三人で話をさせようと気を利かせてくれたらしい。それだけでなく、初対面の際の彼女との印象の違いにリコは驚いていた。話し方には多少皮肉な感じはあったが、酷薄さが消えて物腰が柔らかくなっていた。雅実が阿久津に自らの不注意を詫びた時にも、「どうということはないよ」と笑みを浮かべていた。

「高垣さんとマンマミーアちゃんには、もう一度お礼を申し上げます」

雅実が深々と頭を下げる。

「西岡さんは、阿久津さんから信頼を得たのですね」とリコは言う。「いえ、というよりも、おふたりには信頼の絆があるように感じました」

すると、雅実がやっと笑みを浮かべた。

「最初の数日間は旦那さまの機嫌を損ねないよう、ただただ指示されるがままに動いていました。機嫌を損ねるもなにも、旦那さまは、始終むっつりした表情でいました。機嫌がよい時などありません」

家政婦にとって一番難しいのは、その家によってやり方がすべて違うところにある。前の家でしたことが通用するかというとそうではない。新しいお宅に派遣されたら、また一からやり直しだ。言葉遣い、食事の内容、掃除の作法、すべてが異なってくる。だから順応性に富んだ人ほど覚えも早い。掃除は嫌い、料理は苦手、介護はできないでは話にならない世界である。すべて利用者の要望に従って動かなければならないので、かなりの忍耐力と体力が必要だ。それでも、真面目に、正直に、謙虚に思いやりを持って接すれば、間違いないと雅実は信じている。

利用者には用心深い人が多い。それは当然のことだろう、他人が家に入り込むわけだから。最初から心を全開にしてくれる人はまずいない。だから雅実は、自分のほうから先に心を開くように努めている。そうすると利用者も安心できるのか、だんだんと打ち解けて話せるようになる。結婚する前の自分は、明るく人見知りしない性格だったのだ。家政婦をするようになってから、元の自分に戻っていた。

とはいえ、阿久津は違っていた。まったく心を閉ざしたまま、雅実がここに住み込んで一ヵ月が過ぎようとしていた。

「ある日、旦那さまから急に、〝そこに掛けろ〟と言われました」

雅実が、高垣とリコが並んで座っているソファを示した。

「わたしは、〝明日から来なくていい〟と言われるものと覚悟しました……」

ところが、阿久津にこう告げられたそうだ。

「今まで何十人も家政婦を替えてきたが、きみは信用できると思った」

それを聞いた雅実は、胸がいっぱいになった。

「ありがとうございます。そのお言葉だけで嬉しいです」

本当にそう感じたのだ。

阿久津が頷いたあとで、さらに言葉を続けた。

「そこで、私の最期をきみに看取ってもらいたい。死ぬまで面倒を見てもらいたいということだ。私が死んだら、約束どおり二千万円の特別賞与を支払う」

その話を聞いた高垣が、「西岡さんがそこまで見込まれた理由を、阿久津さんはおっしゃってましたか？」と質問する。

「いいえ」と彼女が首を振った。「わたしも知りたいのはやまやまでしたが、なんとなく遠慮してしまって……」

「それはそうですよね」とリコは言う。「〝わたしのどこが気に入ったんですか？〟なんて、訊きにくいですよね」

雅実は少し困ったような表情をしてから、「実は、この話には続きがあって」と語り始める。阿久津邸には、雅実の面接の際にもいた家政婦が住み込みで働いていた。その家政婦と雅実は、交代で休日を取るなどしていたのだ。だが、阿久津は、彼女が気に入らないらしくクビにすると言い出した。その家政婦は、阿久津と雅実の話を立ち聞きしていた。

「同じ家政婦なのに、どうしてあんただけ特別賞与をもらえるのよ？　わたしにも少しもらえるように、あんたから話してよ」

そうせっつく彼女に向けて、「わたしが辞めます」と雅実は断った。もともと降って湧いたような話だ。借金は、こつこつ働いて返せればいい。これ以上おカネをめぐるトラブルはたくさんだと思った。

「なにもあんたが辞めることないわよ。あちらの希望どおり、わたしが辞めてやる。その代わり、ハローワークを通して雇われた家政婦が利用者といかがわしい関係にあるって、うちの家政婦紹介所に言うからね」

そんな脅迫めいたことを口にする。なにより阿久津に迷惑をかけたくないと思った雅実は、「これきりにしてね」と、借金返済に回すために用意していた百五十万円を彼女に差し出した。

「えー、それって阿久津さんは知ってるんですか⁉」

思わずリコは言っていた。

「いいえ」

と雅実はうつむく。

そんな……。

もうひとりいた家政婦が去ると、阿久津は、「世話をしてくれるのは、きみだけでいい。給料もふたり分出そう」と新たには雇わなくなった。「きみのような人をさがすために、これまで家政婦を取っ替え引っ替えしていたのだよ」と。

阿久津の会社の小川――面接の日にリコも会った、あの礼儀正しい中年男性だ――がやってくることで、雅実は週に二日休みが取れることになった。だが、彼女はそれを必要としなかった。

雅実が顔を上げた。

「旦那さまのお世話をしながらの生活が、わたしにとって満ち足りたものになっていたのです。旦那さまは、だんだんとわたしに話をしてくださるようになりました。お仕事のこと。若い頃に夢中になった登山のこと。そして、愛する奥さまのこと。最初は聞き役だったわたしは、知らず知らずのうちに会話を楽しんでいるのに気がつきました」

〝きみ〟としか呼ばれなかった彼女は、いつの間にか〝雅実さん〟になった。外出の際には車椅子が必要だった阿久津だが、買い物に惹かれて喜んで出かけた。駅近くにはケーキ、果物、和菓子とおいしそうなものが置かれた店が軒を連ねている。食いしん坊の阿久津は「あれも買う」「これも欲しい」ときりがないので、雅実がたしなめる。すると、人々は「なんて仲のいい父娘《おやこ》なんでしょう」といった笑みを浮かべて通り過ぎた。喫茶店や寿司屋にも足繁く通い、もちろん雅実もお供した。こうした生活に、不幸な結婚生活で傷ついた雅実も癒されていた。

雅実の報告を聞きながら、彼女が充実して働けているようでよかったとリコは安心する。その時だ、突然リビングのドアが開き、どきりとした。

険しい表情の阿久津が、杖をついて立っている。一瞬、皆の間に緊張が走った。

「腹が減ったよ。雅実さん、なにかつくってくれ」

どうやら不機嫌に見えたのは、空腹だったためらしい。

彼の言葉に、「あらあら、もうこんな時間。つい話に夢中になってしまいました」と雅実が、背の高いアンティークな木製ケースの機械式時計に目をやる。「おおきなのっぽの　ふるどけい」と童謡で歌われているのは、きっとこんな時計なのだろう。その文字盤が、六時半近くを指していた。

「きみたちも、一緒にどうだい？」

と阿久津に誘われる。

「いえ、求人を出された個人事業主さまにお食事に招かれるのは、公務員として問題が……」

と高垣が慌てる。

「私は個人事業主などではない。それに、きみたちは命の恩人じゃないか。ささやかながら礼がしたいんだよ」

雅実が用意してくれた料理が、ダイニングルームの重厚なテーブルに並べられた。

「手伝います」とリコもキッチンに行ったのだが、毎晩コンビニで買った総菜をレンチンするだけの自分は足手まといにしかならなかった。雅実はベランダに出て、プランター栽培しているローズマリーを摘んでくると、鶏のもも肉に塩、胡椒《こしょう》、オリーブ油、酒とともに手でまぶし付け、オーブンに入れた。タイマーは二十分。その間にパスタを茹で、手早くサラダをつくった。

「バジルだの、ミントだのといったハーブを、彼女がベランダで育て始めてね」

と阿久津が満足気にほほ笑む。

まずは、スモークサーモンとケイパー、玉ネギの前菜で、阿久津がスパークリングワインの栓を抜いた。

「さあ、雅実さんも座って」

と彼が促す。

「はい、失礼いたします」

料理を出し終えた雅実が着席して、四人でテーブルを囲んだ。

「うんま！」

「おいしい！」

料理に舌鼓を打つ高垣とリコに、阿久津が笑みをたたえていた。メインの肉料理のために、彼が赤ワインを開ける。

「スパークリングワインは普段飲みの大したものではないが、これはボルドーの格付けで一級のものだ」阿久津が目を向けてくる。「間宮君は、ワインをたしなまれるのかな？」

「あ、たまによく飲みます」

すかさず隣の席で高垣が、「たまに飲むのか、よく飲むのか、どっちヨ？」と混ぜっ返す。

スーパーで買ったマグナムボトルのワインを愛飲しているリコとしては、緊張してしまうばかりだ。

「急なお客さまで、簡単なお料理しかご用意できず、申し訳ありません」

と雅実が謝る。

「私はこの鶏料理が大好物でね。雅実さんに、しばしばつくってもらうんだ。特に、話し相手になって欲しい時にはね。なにしろ手早くできるのがいい。こいつを肴に、ワイングラスを傾けつつ、雅実さんを相手によもやま話をする。私にとって一番楽しい時間だ。まあ、付き合わされるほうは、たまったものではないのだろうが」

そう自嘲しながら、阿久津はぽつりぽつり語り始めた。

阿久津の父親は、太平洋戦争中に召集されニューギニア島で亡くなったという。小学生だった阿久津が長野に疎開している間に、東京の実家は空襲で全焼した。幸い戦火を免れた母と妹とともに、阿久津は戦後の混乱を生き抜く。住み込みの新聞配達従業員をしながら航空高専を卒業し、旧電電公社の技術社員となった。

「関東平野の北東部に位置する筑波山《つくばさん》——私が初めて出合った山だ。入社二年目の私は、尾根上にある無線中継所の職員だった」

中継所へは麓《ふもと》にある独身寮から、登山口の筑波神社まで米軍払い下げの四輪駆動車で登り、そこからケーブルカーに乗り継いで通っていた。筑波山は本格的登山の対象になるような高山ではないが、誰もいない山頂尾根で、ひとり静かに眼下に広がる関東平野を眺めていたものだ。遠く霞ヶ浦《かすみがうら》には、帆掛け船の白い帆が陽光に輝いている。そんなふうに過ごしているうちに、阿久津は山に親しんだ。余暇を利用しては丹沢《たんざわ》山塊、秩父《ちちぶ》山系、八ヶ岳《やつがたけ》、北・南・中央アルプスなどかたっぱしから登った。中でも丹沢と北アルプスには頻繁に足を運んだ。

「東京の本社勤務になった私に、新たな出合いが待っていた。スペイン語だ」

当時、失恋の痛手の中にいた阿久津は、日本から遠く離れた南米ペルーのチチカカ湖へ行こうと思った。湖内の島にはインカの遺跡がある。悠久の歴史に身を投じることで、ちっぽけな自分を見つめ直したかった。多少なら英語は話せたが、南米をひとり旅するとなったらスペイン語は必須だ。そこで、スペイン語学校に通うことにした。

「失恋ですか？」

高垣が訊き返すと、阿久津が頷く。

「なんともセンチメンタルな話だ。相手は齢上の女性で、こちらが勝手に熱を上げたんだ。ともかく私は、勤務の傍らスペイン語学校へ二年通った」

そんな阿久津の噂が、通信コンサル会社幹部の耳に伝わった。日本の電気通信技術の海外進出を目的に、電電公社が後押しし設立された会社である。「そんなに南米へ行きたければ、我が社へ来ないか」と誘われ、渡りに船と即座に承諾する。

誘い文句どおり、すぐにペルーとともにメキシコへの初出張が決まった。ペルーがインカの国なら、メキシコはアステカの国だ。海外渡航自由化前のことで、外国へ行けるのはごく一部の人たちである。周囲から大変に羨ましがられた。出発当日は、友人親族が羽田空港で万歳三唱し見送ってくれたのを覚えている。その中には、満面の笑みをたたえた母と妹の姿もあった。

生まれて初めての海外渡航。見るもの聞くものすべてが新鮮だった。週末を利用してはひとりで遠距離バスに乗り、各地を旅した。自分の拙いスペイン語がなんとか通じるのが嬉しくてたまらず、予定の二ヵ月が過ぎてもまったく日本へ帰る気はしなかった。

帰国後、ドミニカ共和国、ベネズエラなど中南米諸国へ何回か出張した。しかし、だんだん管理業務が多くなり、海外の現場でスペイン語に接する機会は減っていくばかりだった。

四十歳で阿久津は、独立を決心する。以来、約半世紀にわたり、世界各地の電気通信インフラ建設に携わってきた。起業した会社は多少大きくなったが、阿久津は海外の現場に出ることにこだわり続けた。性に合っていたのだ。

「仕事を通して数多くの人々と出会い、日本にいては想像もつかないさまざまなことを体験している」

リコは、「たとえばどんなことです？」と質問する。

アフリカ最大の国土面積を持つスーダンで、五十二歳の阿久津は通信インフラプロジェクトの調査を行っていた。常駐する現場から、プロジェクトの主管庁スーダン農林省がある首都ハルツームまでは二〇〇キロほど離れている。現場とハルツームを、阿久津はひとりでポンコツ車を運転し毎週のように往復した。間には砂漠道が通っているが、一部は砂に埋もれている。途中、ガソリンスタンドなどない。そのため、ガソリンを入れたポリタンクを後部座席に積んでいた。ポリタンクからクルマの燃料タンクへは、ホースを口で吸い上げ給油する。最初のうちはこれがなかなか上手くいかず、思わず飲み込んでしまうこともあった。

日中、クーラーのない車内温度は四五度近く、頭がぼうっとして睡魔が襲ってくる。スピードを落とすとかえって眠くなるので、時速一〇〇キロ程度で走った。それでも眠気が去らない時は、ぎらぎら輝く太陽のもと路肩に停車して仮眠をとる。

ある日のハルツームからの帰路、砂漠の真ん中でパンクしてしまった。運悪く、スペアタイヤは往路で使用済みである。救けを求めようにもクルマは通らず、荒涼とした風景に人影もない。仕方なく自分のクルマを押しながら、当てもなく移動し始めた。炎熱の中、たとえようもない恐怖感と絶望感に押しつぶされそうになり、なかば諦めかけた。と突如、頭に白いターバンを巻き、民族服をまとった長身のスーダン人が、いずこからともなく現れたのである。緊急時に言葉はいらない。疲労困憊している阿久津を見て、近くの村にパンク修理の店がある、と手まねで伝える。そこまで一緒にクルマを押していくから頑張れとも。

店というより小屋に近かったが修理してもらい、疲れ果てて現場宿舎に帰着。砂漠に夕闇が迫っていた。ふと考える。炎天下の砂漠に、急に人が現れるわけがない。あれはきっとイスラム教の唯一神アッラーだと。

このアクシデントに遭う四年前。イランの砂漠の町ヤズドで道に迷い、ベドウィンのテントに泊めてもらったことがある。あの時、彼らが夕食の鹿肉を焼いている焚火までクルマを誘導してくれたのは、ゾロアスター教の神に違いない。

さらにその六年前。メキシコ中央高原の、サボテン生い茂る原野で野営した。その時はアステカの守護神ウィツィロポチトリが夢の中で「天幕に忍び込んだサソリに気をつけろ！　靴は必ず振ってから履け！」と注意してくれた。

「世界各地を旅していると、日本ではご縁のない神々のお世話になるようだ」

阿久津がうそぶくと、グラスのワインを舐めた。そして呟く。

「半世紀にわたり世界各地の電気通信インフラ建設に携われたこと、それは私にとって天職だった」

「天職、ですか？」

リコが訊いたら、「ああ」と彼が頷いた。

「この世に天職だと感じられる仕事に就ける人間が、どれくらいいるだろう？　そういう意味で、私は幸せだった。そういう意味では、ね……」

阿久津の表情が悲しげなものに変わる。自分の天職の話をしているはずなのに、なぜだろう？　とリコは不思議に感じる。

「今や会社も譲り渡した。私は相談役という名のもとに、小川が持ってくる幾つかの事案に応えるだけだ」

阿久津が悲しげなのは、仕事を引退したから？　いや、そうではなさそうだ。

「そうそう、奥さまとの馴《な》れ初《そ》めを伺いたいんですが」と高垣が催促した。「なあ、マンマミーアも聞きたいだろ？」

物思いにふけっていたリコは、「あ、ええ」と慌てて応える。

阿久津が笑った。

「マンマミーア――〝なんてこった〟か」

そして彼が、遥か遠くを見つめるような目をする。

「電電公社に入社して二年目、筑波山の無線中継所に勤務したことは話したね」

寮から二十分ほど下ったところに、今は廃線になった常総《じようそう》筑波鉄道筑波駅があった。筑波駅から寮へ戻る途中、小道で下校中の女子高生に会った。鄙《ひな》にはまれな、都会的雰囲気が漂う子だ。同じほうに向かって歩きながら聞けば、林間にある農家の娘とのこと。そういえば、小道から少し外れた山寄りの斜面に、ぽつんと農家が一軒ある。その後も何度か道で出会ううち、だんだん親しくなって家にお茶に呼ばれるようにもなった。両親と弟の四人家族で、戦争中に東京から疎開してきて、そのまま住みついてしまったと父親が話してくれた。両親も阿久津に好感を持ってくれたようである。

時々少女と会い、宿題の相談に乗るようにもなった。そんな関係が一年近く続いた。やがて阿久津は電電公社の現場幹部教育機関である、三重県の鈴鹿電気通信学園へ入学することが決まった。一家に別れを告げ三重へ行ってからも、彼女からは乙女らしい感傷的な手紙を何度かもらった。阿久津のほうはといえば学園での新たな生活に追われ、いつしか彼女との文通も途絶えてしまった。阿久津が二十二歳、彼女が高校二年生の時のことだ。

それから三年後、ペルーとメキシコの最初の海外出張から帰国した阿久津は、久し振りに銀座の街を歩いていた。そうして、美しく成人した彼女に偶然出会う。今は、日本橋の百貨店のワイシャツ売り場で働いているという。もちろん阿久津は、そこでワイシャツを買い求めるようになった。

「それが奥さまなのですね？」

高垣が言うと、「いかにも」と阿久津が応える。

「そんな奇跡のような再会があるのですね」

リコの言葉に、阿久津が頷く。

「あるいは、この世は奇跡で満ちているのかもしれん」

彼が雅実のほうを見やる。

「彼女と出会えたこともそうだ。私は、このように楽しく人と会話するのを久しく忘れていた。雅実さんが、それを思い出させてくれたんだ」

阿久津さんを頑なにさせてしまった理由はなんだったのですか？　と、リコは口にしようとしてやめておく。それを訊くのは、地雷を踏むことになりかねないと直感したからだ。そうして危険を察知しながら、避けようもなく地雷を踏みつけてしまうのが自分なのだが……。

「もうひとつ教えてください」と高垣が阿久津を見る。「阿久津さんが、西岡さんを選んだ理由とはなんですか？　ハローワークの職員として、後学のためにぜひ伺いたいんです」

「なによりも雅実さんが、他者を尊重できる本当の自尊心を持った人だからだよ」と阿久津が述べる。「自分のしたことを相手が分かってくれたか、あるいは、自分のしたことの効果にこだわるのは、仕事の世界の流儀にとらわれている。まあ、そういう私自身が、その流儀にとらわれながらビジネスを行ってきたわけだがね。自分がすることとの評価など関係なしに働く——それが実践できたらと思いつつ、私はついに行えなかった。つまり、純粋に働くということだ。それがかなわないのは、人としてのゆとりを奪われがちな現代人の性《さが》なのかもしれんと考えていた。自身の至らなさを棚に上げてね。だが、雅実さんは違った」

「純粋に働くなんて、そんな……」と雅実が言う。「わたしは家政婦の仕事をすることで、自分を取り戻せました。働けることに感謝しています」

しばらく、みんな黙っていた。

ふと阿久津が場を和ませるように、「マンマミーアちゃん、ワインの味はいかがだったかな？」と尋ねてくる。

「あの、おいしいっていうより、生きててよかったぁ～という感動がありました」

「なるほど、〝生きててよかった〟か」阿久津の表情が、心なしか寂しげに映った。「ワインの味わいに、確かにそう感じられたことが私にもあったな」

阿久津の語らいや、雅実の手料理とともに味わったせいもあったに違いないとリコは思うのだ。だからこそ、さらに訊いてみたい。

「阿久津さんのご家族についてもっとお話を聞かせてください。お子さまはいらっしゃらないのですか？」

すると突然、彼が持っていたワイングラスを音立てて置いた。そして、椅子の肘掛けに両手をついて、やっと立ち上がる。その顔は、怒りに満ちていた。

「さあ、食事は済んだろう。もう帰ってくれ」

阿久津が杖を頼りによたよたとリビングを出ていく。

やっちまった！　とリコは後悔する。結局は地雷を踏んじまうのが、あたしなんだ！

「すみませんでした」

コンシェルジュのいるホールで、リコは雅実に向けて頭を下げる。彼女は、マンションの一階まで見送りにきてくれた。

「旦那さまからいろいろなお話を伺いました。けれど、もちろんお話ししたくない事柄もあるようです」

「そろそろここで」

と高垣が断ったが、雅実は玄関の外に出て見送ってくれる。

昼間の暖かさに比べ、十月の夜風は冷たかった。ついさっきの出来事が、リコにさらにそう感じさせていた。冴え冴えとした下弦《かげん》の月が空に浮かんでいる。

「あら」

と雅実が目を向けたほうに、中学生くらいの少女が立っていた。グレーのパーカーにジーンズというボーイッシュなコーデが、大人びた美貌を際立たせていた。リコは、ふと阿久津の語っていた筑波山で出会った少女を連想してしまう。もっとも、後に阿久津の妻となった少女は、初めて出会った時には高校一年生だったのだが。

自らに視線が集まった少女は、素早くその場を立ち去った。

「あの子、最近ここで見かけるんですよ」

雅実は、少女が去ったほうをじっと見つめていた。

高垣とリコは再度礼と詫びを雅実に伝えると、駅の方角に歩きだした。さっきの少女が向かったのも駅方向だった。

「詰めが甘くてすみません」

リコは高垣に謝る。

「西岡さんが職場で良好に就業できてりゃ、俺たちはオッケー。ま、メシまで食ったのはよけいだったけどな」

「よけいなこと、だったんでしょうか？」

「当たり前だろ。仕事の範疇を越えてる」

そこまで言ってから、「あ、そうだ」彼が思い出したように、「今日、病院で職業相談を受け付けた島村さんなんだけどな」と名前を口にする。

ナツミとその母親に面談したのが、リコにはもう遠い過去のような気がしていた。

「彼女に、新卒応援ハローワークを紹介したいと思うんだ」

「新卒応援ハローワーク、ですか？」

初めて聞くハローワークの名だ。

高垣が頷くと、「おまえも知っておいたほうがいいから、一度見学に行ってこい。明日、俺からトーカツに話してみる」

第五章　新卒応援

1

「普段なら富士山が見えるんだけど」

加納紗耶香《かのうさやか》が両手で紐《コード》を引き、ブラインドをキコキコ巻き上げる。すると、窓の向こうに高層ビル群と新宿中央公園が広がった。しかし、あいにくの天気で富士山を望むことはできない。外は冷たい秋雨に煙っていた。

「総合サービスが一般的なハローワークに対して、ここは専門ハローワーク。あなた、マザーズハローワークを見学したって話だったわね」

彼女にそう言われ、「ええ」と応える。

「ここ新卒応援ハローワークもそう。名前のとおり新卒者の就職支援に特化している。

マザーズハローワークと同じく、専門ハローワークってことになる」

紗耶香は二十八、九歳といったところだろうか。口調は早口で、声が甲高《かんだか》かった。整った顔立ちは、美しいというよりも芸術的というほうがふさわしい。表情は、いかめしく冷たかった。小柄な身体をビジネススーツに包んでいる。この年齢で課長なのだから優秀であるはずだ。

新卒応援ハローワークは、超高層ビルの二十一階にあった。ワンフロアすべてを占有した広々と開放的なスペースは、誰もがなにかに腹を立てているような職安の風景とは別世界だった。

「お宅の神林トーカツが電話で言ってたわよ、〝うちのマンマミーアをよろしく〟って。あなた、アズマでかわいがられてるのね」

皮肉めかしてそう言われ、「あ、いえ、そんな……」と否定しようとした。すると、リコの語尾に食い込むように自分の話をかぶせてくる。

「ここに来る若者たちはね、自分の進路に関して〝とりあえず事務で〟くらいの考えしか持ってないの。そんな彼らの、実は本当はなにがしたいのかという自己分析のお手伝いから、わたしたちの仕事は始まる」

デキるけれど疲れる人がいる。彼女は、そういう部類らしい。

二十数席の相談ブースにジーンズやカットソーの若者たちが並んでいる様子は、都市型キャンパスのようである。

「〝新卒応援〟の〝新卒〟がさすのは、高校、専門学校、大学、どの段階なのでしょう？」

とリコは訊いてみた。

「いずれもよ」

と紗耶香があっさり応えた。

そこでなおもリコは疑問を投げかける。

「しかし学校は、生徒や学生の就職活動に力を貸すものと……」

すると、また食い気味に、「確かに、企業から求人票が学校に届くし、学校も就職活動のサポートを行う」と彼女が言う。「だから、ハローワークの手助けなんて必要ないはず――マンマミーアちゃんはそう言いたいわけ？」

「いえ、そこまでは……」

また食いつかれると思い、言葉の終わりの部分が曖昧になる。

「〝大学とは、あくまで勉強するためのアカデミックな場である。就職斡旋所にあらず〟と教授は言うけど、就職率も大学の売りなのは否めないでしょ？」

「ええ」と応えたあとで、リコはあることに気づく。「大学の就職率って、年ごとの卒業者に占める就職者の割合ですよね。新卒で就職できなかったとしたなら、大学としては就職率から漏れてしまうわけです。そうなれば、大学の就職課も親身になってくれない。そんな職にあぶれた卒業生がここに来るとか？」

「確かにそういう卒業生も来る。でもね、大学だって卒業した学生を無職にはしておけないので、連携はしてるわよ」彼女が応えたあとで、さらに言う。「でも、来るのは大半が在校生、在学生――ハローワークでの求人の属性としては高校卒業見込み、大学卒業見込みになる彼らがメイン。第一志望の会社のインターンシップに入れず、〝人生終わった！〟と泣きついてくる子もいるし……。あ、ここではインターンシップの斡旋はしていない。あくまで雇用に直接結びつけるためにあるのが、ハローワークの職業紹介の基本なので」

相談ブースだけでなく、通路を挟んでガラス張りの面談ルームも連なっていた。一室では、若者とナビゲーターらしい男性がテーブル越しに向き合っている。

「あそこで行っているのは模擬面接。エントリーシートの書き方の指導なんかもするわよ」

「へえ」とリコは感心してから、「求人先はどんな企業があるんですか？」と訊く。もちろん、ナツミのことが念頭にあっての質問だった。彼女の希望は、ずばり大手である。

「まんべんなくいろんな仕事の求職がある。技能職、IT関連、営業。大卒は、総合職という括りで求人がある。だけど、介護業者の総合職希望であっても、一年目は介護の現場に出るとなると腰が引けてしまう学生が多い。自分がやりたい仕事《タスク》との掛け合わせってことになるわね」

「あの、大手企業からの引き合いなんかは……」

リコが訊いたら、「大手もあるわよ」と言葉尻を持っていかれた。しかし、その応えに救われた思いがする。

「あの……」

と、さらに質問しようとしたら、紗耶香がまた食い気味に話を続けた。

「求人企業は高卒のほうが幅広いかな。鉄道各線の電気技能士。スーパーのレジ打ち、バックヤード。信用金庫や信用組合からの求人は、各商業高校のトップクラスのふたりが採用されるって感じ」

「加納課長、大卒の大手企業の求人についてですが」今度は話を持っていかれないように、リコは急いで訊く。「どういった会社があるんでしょうか?」

「どんなって、さっきも言ったけど自分がやりたいタスクの問題なのよ。なにがしたいのか? そして、そこには意に染まない事項も含まれるかもしれないけど、なおかつ選択したいと思うかどうか。就職活動ってさ、そういうものなんじゃない?」

うーん、この人に相談しても無理なのかも……と、そう思った時だ。

「マンマミーアちゃん、新卒応援ハローワークの支援活動を体験してみない?」

そう提案すると、リコの返事を待たずに通路をずんずん先へと進む。リコも慌ててあとに続いた。そして、ひとつの面談ルームの前で立ち止まる。中には、リクルートスーツを着た二十歳前後の男子が、緊張した顔つきで座っていた。自分の目の前のテーブルを睨むようにしている。

紗耶香がドアをノックすると、ガラスの向こうで彼が反応し素早くこちらを見た。

「お待たせ」

と言いながら紗耶香がドアを押して室内に入る。すると彼がバネ仕掛けの人形のように立ち上がって、直角に頭を下げた。どうやら彼も模擬面接を受けたことがあるらしい。ぎこちないながら、礼儀にかなっていた。

「彼、工藤順平《くどうじゅんぺい》君」

と紗耶香がリコに告げ、今度は順平のほうに向かって、「こちら同行する間宮さん。あ、マンマミーアちゃんでいいわ」と紹介する。

〝同行〟ってなによ？　リコは訳が分からず、「マンマミヤです」と噛んでしまった。

「よろしくお願いします」

順平が再び直角にお辞儀した。ぽっちゃりとして、あまり背が高くない。雨でくるんとしてしまう癖毛を、一生懸命撫でつけているような髪形をしていた。

紗耶香が順平に向け椅子に掛けるように促し、自分たちも彼の正面に座る。紗耶香がテーブルに設置されたパソコンのディスプレーに、彼のデータを呼び出したようだ。リコからは画面が見えない。覗き込んだりまではしなかったけれど。

「彼ね、来春、グラフィックデザイン専門学校を卒業するの。デザイナー志望だったのよね」

「そうなんスけど、自分に才能がないことが分かって……」

「こういう子っているのよね」と紗耶香が順平の語尾に食い気味に、身もふたもないことを言う。「保育の専門学校に通っていたんだけど、実習で子どもを預かるという重責に潰れてしまう。あるいは臨床工学士になろうと専門学校に通っていたんだけど、機械を扱うだけでなく人とも接しなければならない現実を知って挫折してしまう。あ、医療系の職業に就こうとしてる子の中にはね、自分がラテックスアレルギーだって知って断念する子が意外に多いの。あと、トリマーになりたい子が、犬・猫アレルギーだったりね」

希望していた進路をなんらかの理由で諦める——その話題に対して、紗耶香の言い方はあまりに冷たくないか？　とリコは思うのだ。しかも、当事者である順平を前にして。

「こんな場合、専門学校側は困っちゃう。たとえば保育専門学校だったら、幼稚園や保育所、児童福祉施設から求人があるし、そうしたところに卒業生を斡旋するわけでしょ。ところが、進路変更した子についてはどう手を打っていいか分からない。そこで、うちに一報が入る。〝相談に乗ってもらえないか〟ってね。順平君もそう」

彼は殊勝な表情で、癖毛を手で撫でつけていた。

「じゃ、これから企業さまに電話するわよ」

紗耶香の言葉で、順平の顔に緊張が走る。彼らの間では、すでに希望する事業所が決まっているようだ。紗耶香が、ディスプレーを眺めながらビジネスフォンの番号をプッシュした。彼女が電話に出た相手に新卒応援ハローワークであることを名乗り、「採用のご担当者さまをお願いします」と申し入れる。どうやら相手がそう応えたらしく、

「社長がご担当ですね」と紗耶香が繰り返した。

紗耶香がしばらく待っている様子でいると、「もしもし！」と呼びかける大きな声が受話器から漏れ聞こえてきた。ごりごりのオッサンの声だ。それを聞いた途端、順平の顔は早くも萎縮していた。

「ハローワークの求人を見て、希望している来春卒業見込みの専門学校の生徒さんがいます。応募できますか？」

「学校は⁉　名前は⁉」

あまりに大きな声に、紗耶香が顔をしかめ受話器を耳から離す。

「個人情報になりますので、まずは応募ができるかどうか確認したいのですが」

彼女が大声の主に向け、かろうじてそう応えると、「なんだったらこれから面接に来てもいいんだぞ！」との返事を得る。

それを逃すかといった感じで紗耶香が、「伺ってもよろしいですか？」と当意即妙の対応をした。

「え……ああ、いいよ」

まさかの成り行きに、うろたえたように相手の声のトーンが下がる。以降は、受話器から声が漏れ出すことはなくなった。一方、紗耶香のほうはハローワークの職員が同行すること、一時間後には到着できることを段取りよく伝え、電話を切った。

「さあ、行くよ」と紗耶香が順平に向かって言う。「こういうことは勢いが大事なんだからね」

そうして一時間よりも五分早く、三人は面接先の会社の前に立っていた。

「ここって……」

リコは言葉を失う。四階建てのビルの壁面はピンク色、右側の円柱形の塔には三角帽子の屋根が載り、西洋の城のような雰囲気を醸し出していた。しかし、一階正面は大きなシャッターで、それが開け放たれていることから、紛れもなくこの建物が工場であることが分かる。中では工作機械が稼働しているのが見渡せた。そして、リコが驚きを隠せなかったのは、ユニークな外観ばかりでなく、そのピンクの巨大な壁面に〈KUDO〉という赤いロゴが掲げられていたからだ。

「ここって……」

リコはもう一度繰り返した。

それを受けて紗耶香が、「そうよ」と言う。「この会社は工藤鉄工所。彼、工藤順平君のお父さんが経営する工場なの」

塔の部分は階段室らしく、所々に窓がある。その縦長の窓が、またメルヘンチックである。階段室の一階にもドアがあって、その横には〈株式会社工藤鉄工所〉という黒々とした文字の、それだけは古い木の看板が掛かっていた。

新宿西口にある新卒応援ハローワークを出ると地下鉄を乗り継ぎ、途中、アズマの最寄り駅を通り過ぎて、ここ墨田区の工場街までやってきたのだった。

「つまり順平君は、自分の実家の会社の入社面接を受けにきたということですか？」

「はい」

と応えたのは、紗耶香ではなく順平自身だった。その顔が緊張してこわばっている。

紗耶香が先頭になって、シャッターの開いている広い間口から工場内へと入っていく。

金属を切ったり叩いたりする機械音がさらに激しくなった。

「ジュン坊じゃないか」

ワインレッドの作業服姿の男性が声をかけてくる。同じ色の作業帽の下で、質朴《しつぼく》そうな顔に柔和な笑みが浮かんでいた。覗いているこめかみともみ上げが白い。

「あ、ヤマさん」順平が男性に向かって、「ご無沙汰っス」と頭を下げた。

「ほんと久し振りだなあ」

〝ヤマさん〟と呼ばれた六十代の男性が言葉を返す。

「作業服、変わったんスね」

順平の言葉に、ヤマさんが得意気に袖をつまんだ。

「どうだいオシャレだろ？　前のはドブネズミ色だったもんな」

「工場も建て直したとは……」

「ああ。ジュン坊は、新工場になってから来たことなかったか？　高校時代はバイトで毎日のように来てたのにな」

「そうっスね」

「ジュン坊が高校卒業して間もなく、建築工事が始まったんだ。俺たちは、廃業するって鉄工所を借りて操業を続けながらな」

「ぜんぜん知らなかったっス」

「社長が、これまでの町工場のイメージを一新するんだって、斬新なデザインにしたんだ。いつまでも3Kのイメージを引きずってると、リクルートに影響するって。もっとも、外の看板だけは昔のまんまだけどな」

そう言って、彼が工場内を見渡した。三人もそれにつられたように構内を見回す。黄色、緑、青、柱は一本一本がカラフルに色分けされている。エレベーターの扉はオレンジ色、見上げると壁に沿って走る作業用の細い通路の手摺りは赤だった。

「あの細い通路ね、あれキャットウォークっていうんス」

工場の息子らしく順平が、紗耶香とリコに説明する。

「そういやジュン坊、なんで背広なんて着てるんだ？」

と訊かれ、「うん、まあ、ちょっと」とはぐらかす。そうして紗耶香とリコに、「こちらは、工場長の山脇《やまわき》さん」と紹介した。

順平がリクスーの訳を伝えなかった以上、自分たちもハローワークの職員であることを告げずにおく。「こんにちは」とだけ挨拶した。そのあとで紗耶香が、「社長にお会いしたいのですが」と伝えた。

「事務所におります。エレベーターで三階にどうぞ」

オレンジ色の扉のエレベーターは、重機が運搬できる大型で頑丈なものだった。ケージが上昇し始めると、張り詰めた表情になっている社長の御曹司《おんぞうし》に向けて紗耶香が、

「順平君、ファイト」と励ます。

自分の父親の会社の面接を息子が受ける？　しかもハローワークを通じて？　リコには訳が分からなかった。

三階に到着しケージを出ると、すぐに〔Kudo - Ironworks Co.,Ltd.〕と銀文字の入った透明のガラス扉があって、向こうの事務所が見通せる。ここもオシャレ、とリコは思った。右側は例の円柱形の階段室で、社員の人たちはエレベーターではなく階段を上り下りしているのだろう。アズマと一緒だ。

紗耶香がドアを開け、彼女に続いて順平、リコが室内に入る。カウンター越しにデスクが幾つか並んでいた。そこに紺の事務服を着た二十歳くらいの女子がひとりだけ座っていて、立ち上がるとこちらにやってくる。建物に対してこの制服は昭和チックだぞ、とよけいなことを考えてしまった。でも、そんな飾り気のない制服がよく似合う、髪を

三つ編みにしたかわいい子である。

彼女は順平のことを知らないらしく、三人を通常の来客として扱った。

「新卒応援ハローワークの加納と申します」と紗耶香が名乗り、「先ほどお電話で、工藤社長に面接に伺うとお伝えしてあります」と告げた。

それを受けて三つ編み女子が、カウンター内の事務所の奥のドアをあけて中に入った。そこがおそらく社長室なのだろう。すぐにドアが開き、彼女が戻ってきた。そしてカウンターからこちらに出てくると、通路を歩いて奥にある会議室へと三人を案内した。

横長の机の両側に椅子が十脚ずつ並んでいて席を勧められたが、三人は立ったままでいた。間もなく彼女と入れ替わるようにして、五十代くらいの小柄な男性が現れた。髪がくるくるの癖毛なのを見てリコは「わ、順平君のお父さんだ」と察する。

工藤は自分の会社の会議室に順平がいるのを目にし、固まっていた。そのあとで、先ほど受話器から漏れ聞こえていたのと同じ大声で、「どういうことだ、これは⁉」とがなる。

「貴社の求人募集にエントリーした工藤順平君です」

紗耶香がしれっと応えた。

「名前なんざ、教えてくれなくても知ってるよ！　なにしろ俺のせがれなんだからな！」工藤が顔をしかめる。「さっき電話してきた時それを言わなかったのは、門前払いを食うと思ったからなんだろ⁉」

「わたしはハローワークの職員です。求職者の方の就職支援を全力で行うのが仕事なのです」

紗耶香の言葉に、工藤が苦笑いを浮かべる。そのあと真顔で順平を見やった。

「おまえ、図案屋になるんじゃなかったのか⁉　そう言って家を出たんだよな⁉　それが、なんで鉄工所の面接なんか受けにきたんだ⁉」

相変わらず大きな声で畳みかける。

「工藤社長、〝図案屋〟ではありません。グラフィックデザイナーです」

そう口を挟んできた紗耶香に、工藤が顔を向ける。

「順平君は専門学校で二年間学ぶ中で、自分の力の限界に気がついたんです」

紗耶香の言葉に、順平がうなだれた。

「けっ！　それで、親父の会社にでも入りゃあいいやってか⁉　そんなに都合よくはいかんぞ！」

順平はすっかりめげてしまっている。

「工藤社長、彼は面接で伺っているんです。ご理解ください」

「なんだ、声がでかいとでも言いたいのか？　すまんが地声でな」工藤が、紗耶香をぐっと睨む。それでも、声の音量はちょっぴり絞られていた。「加納さんだったな。さっきから、あんたばかりしゃべってて、こいつは潮垂《しおた》れてるだけだ」

そう突き放され、順平がますますうちしおれていた。

工藤が、「よし、いいだろう」と言って、紗耶香から順平に視線を移す。「面接してやる。そこへ座れ、順平」

工藤が、長机の中央に腰を下ろす。紗耶香に促され、順平がその向かいに座った。紗耶香とリコは、順平と距離を置いて並びの椅子に掛ける。

「では行くぞ」と、工藤が不敵な笑みを浮かべる。「今までの人生の中で、一番のピンチはどんな時だった？　それをどうやって乗り切った？」

これは面接の想定質問集に入ってるヤツだ、とリコは思う。仕事柄、自分もそうした面接対策ガイドに目を通すことがあった。

すると順平が、ぼそりと応える。

「そりゃあ、まさに今だよ。シンジのやつが……シンジっていうのが、一緒にアパート借りて住んでたやつなんだけど、パチンコの機械メーカーに就職が決まったんだ。キャラクターのデザインするんだって。それで、寮に入るんだと。来年の春までに、俺はアパートを出なくちゃなんない。だから、なんとかうちの会社に入って、生きる道を確保しないと……」

なんだ、ぜんぜんダメな応えをしてるじゃん。こんなんで紗耶香は、きちんと模擬面接を行ってるんだろうか？

工藤がなおも口を開く。

「社長になれば、社員と家族を守る必要がある」

「社長なんて、そんなつもりないから」

息子の口答えに工藤がむっとする。

「じゃあ、人のために自分を犠牲にしてなにかしたことはあるか？」

「あいつ、シンジ！　まさに、あいつにそれを発揮して、俺との暮らしを続けてほしかったね」

ダメだこりゃあ。

「おまえは、いったいなんなんだ？　男が一度これをやるって決めたんだろ？　簡単に諦めるな。今さらうちに勤めたいなんて、従業員への手前もある」

それを聞いて、順平が再びうなだれる。

「お願いだよ親父、家に帰らせてくれよ。ほかに行くところがないんだ」

「おまえは、ただうちに帰ってきたいのか？　それとも俺の会社に勤めたいのか？」

「うちに帰って、親父の会社に勤めたいんだよ」

「なんでだ？」

改めてそう訊かれ、「……え？」順平が目を見張った。

「なんで、うちの会社に勤めたいんだ？　おまえは一応、俺の息子なんだからよ、帰りたけりゃあ、家に帰ってくればいい話じゃねえか。母さんだって待ってるぞ」

「母さん……」

彼がしょんぼりと呟く。

「〝ほかに行くところがない〟っていうのが、住む家を指してるんなら帰ってこい。帰ってきて、どこか就職先をさがせ。だいたい、おまえはきちんと就職活動をしたのか？　なんの努力もせずに、親の会社に入ろうなんて虫がいいとは思わんのか？」そこで、今度は紗耶香とリコのほうに顔を向ける。「あんたたちだってそうだ。息子の安易な選択を正しもせず、こうやって同行してくるなんて」

紗耶香が工藤を真っ直ぐに見返した。

「安易だろうとなんだろうと、勤めたい会社を決めるのは本人です。先ほども申し上げましたが、わたしたちは求職者が志望する会社に就労できるよう全力で支援するだけ。それに順平君は、新卒応援ハローワークにやってきて、求人企業の中に工藤鉄工所さまを見つけて正式にエントリーしたんです。〝なんの努力もせず〟とおっしゃいますが、彼はまさに就職活動の真っ最中なのですよ。もっといえばどこの会社の採用試験を受けるよりも、この工藤鉄工所にアプローチすることのほうが彼にはハードルが高かったはずです」

工藤が再び順平を見て、吐き捨てる。

「高い授業料を払ってやって、二年間無駄だったな。バイトして自活するとは言ってたが、毎月の生活費だって足しになるように渡してやってたんだ。だのに、なにひとつ得るものがなかった。友だちが就職を決めて出ていくとなったら、暮らしが成り立たなくなった。それで、尻尾を巻いて帰りたいときた」

　順平が父親を睨み返した。だがすぐに顔を背ける。目尻に涙が滲んでいた。

　言葉を返したのは紗耶香だ。

「はたして無駄だったのでしょうか？　二年間学んだからこそ、順平君は自分がグラフィックデザイナーに向いていないことが分かったのでは？」

　工藤がぐっと息を吞む。紗耶香が続けた。

「順平君は高校時代、貴社で現場作業のアルバイトをしていたそうですね。いえ、中学時代から放課後は仕事の手伝いをしていた。もっといえば、子ども時代から工場は彼の遊び場だった。ひとつの挫折を味わった時、次にやりたい仕事として工藤鉄工所での楽しかったり、汗にまみれて働いた充実感を思い出した。それで就職先として選びたいと決めた」

「あっちがダメだったから、うちの会社に入りたいってことかよ。そんな……」

　紗耶香が食い気味に言い放つ。

「いけませんか？　二十歳の若者の中で、自分のやりたいことを明確に定めている人がどれくらいいますか？　自分の生き方に迷ってはいけないんですか？　若者は、人は迷うものです」

「言うにこと欠いて順平のやつは、親の会社を二番目の選択肢にしたんだぞ。ならよ、やっぱりあっちがよかったたって、うちを辞めて三番目か四番目の選択肢に乗り換える可能性もあるってわけだよな」

「では、一度入った会社は辞めてはいけないんですか？　親の会社だったら、一生勤めるのが当たり前なんですか？」

リコは発言の内容に目を丸くする。紗耶香はほんとにハローワークの職員なのか？

「俺はよ、親父に言われてこの会社を継いだよ。俺の代になって会社も大きくした。男が一度こうと決めたら、最後までやり抜く。そういうものだろ」

紗耶香が呆れた表情をして見せる。

「〝男が一度こうと決めたら〟とか、そういうの関係ないんで。この際はっきり言わせていただきますが、工藤社長は息子さんの将来を心配していませんよね」

もはやリコは、あんぐり口をあけていた。

「なんだと⁉」工藤の声がまた大きくなってきた。そして、うなだれている順平に目をやる。「俺は、こいつに粘り強い人間になってほしいんだ！　うちの会社はな、今は新卒を中心に採用計画を立ててる。以前は中途採用で労働力を補おうとしたこともあったんだ。それでも応募してくるのは、流れ職人みたいなのばかり。こちらも短時間の面接で採用するんだが、やはり長く居つくことはなかった。順平には、そういった連中のようになってほしくないんだよ！　まして俺が社長をしてる会社をだ、実の息子が辞めたら、従業員たちはどう思うよ？」

「あなたは息子さんの将来を心配しているようで、実は自分の面目《めんぼく》を気にしているだけなんです。あなたは、先代社長に言われて工藤鉄工所の二代目に就任した。会社も大きくした。そして、なにも言わなくても順平君は当然、跡を継ぎたいと言ってくると思っていた。ところが、彼にはやりたいことが見つかった。グラフィックデザイナー——なんだかクリエイティブで、カッコよさそうな仕事だ。だから工藤社長はひがんで、わざと図案屋なんて呼んでいる」

「ふん」と工藤がそっぽを向く。

紗耶香がなおも意見を連ねる。

「それに比べて、ご自分の鉄工所にはいまだに3Kのイメージがつきまとう。順平君がよそでカッコいい仕事に就いたら、社員たちへの面目が立たない。こうなったら、せめて工場を新築して息子を呼び戻すんだ。そんな考えが透けて見えます」

「俺が気にしてるのは面目だって？　あんた、なんにも分かっちゃいねえな」

工藤が小さく首を振っていた。それを目にして紗耶香が、格調高い形をした眉をひそめる。自分の見立てに疑問を持ったような表情だった。

再び工藤がこちらに顔を向けた。

「うちの仕事だって充分にクリエイティブなんだぞ！　ついてきやがれ！」

工藤が会議室を出ていき、三人も急いでそれを追う。事務のカウンターの前を通る時に工藤が、「二階にいる！」と先ほどの三つ編み女子に声をかけた。彼女のほか誰もいなかった事務室に、今は作業服姿の男性がふたりいた。彼らは順平に気がつくと、手を軽く上げ合図を送ってきた。順平も会釈してそれに応える。

例の塔内の階段を下り、二階の廊下を歩くと、工藤が立ち止まった。

「この中を見ろ！」

壁一面がガラス張りの向こうでは、カジュアルな服装をした若手社員五人がパソコンに向かっていた。それは、町工場のイメージとは一線を画する光景だった。

「オペレーションルーム。ここが会社の心臓部だ」と工藤が静かに告げる。そのあとで、息子に目を向けた。「なあ順平、おまえも知ってのとおり、発注先からつくりたいものをごくラフなスケッチでもらえれば、そこから図面を起こして、金属板材の切断、穴あけ、曲げ、溶接まで全部やってつくってしまうのが工藤鉄工所だ。ここがなんだか分かるか？」

「ＣＡＤの設計室……だよね？」

「どうだ、おまえがバイトに来てた工場とは、ずいぶんと印象が変わったろう？　今後は設計部門をさらに拡張し、製造部門は自動化していくつもりだ」今度は工藤が、紗耶香とリコに目を向ける。「俺はな、鉄工所のイメージを変えようと思ってるんだ」

「社長」

と声がしたほうを見ると、工場長の山脇が立っていた。

「どうした、ヤマさん？」

「二階にいるんじゃないかって、メイちゃんが」

彼の後ろに三つ編み女子がいる。彼女はメイちゃんというんだ、とリコは思う。

「社長、ペットボトルの件なんですがね」

と山脇が金属製の水筒のようなものを差し出す。キャップの部分が動物の頭の形をしている。三角にとんがった耳をしていて、どうやら猫のようだ。

「ペットボトルの試作品がどうしたっていうんだ、ヤマさんよ?」

なるほど、この水筒の名前がペットボトルというのか、とリコは理解する。

「うちの営業が先方に持っていったところ、〝つくってほしいものと違う〟って突っ返されたらしいんです」

困ったような顔をしている山脇に向けて工藤が、「〝違う〟って、渡されたスケッチどおりにつくったんだろ?」と訊き返した。

「こっちはそのつもりだったんですが、キャップの部分に付いてる耳はとんがってなくて丸いとか、顔もこんなにシュッとしてなくて、もっと丸みがほしいとか……」

「なんだ、じゃあ、猫ではなくて犬だったというわけか」

工藤が顔をしかめる。

すると山脇が遠慮がちに伝えた。

「いえ、それが熊なんだと……」

「熊? 熊ってペットなのか?」

山脇が困ったように頭を掻く。

「しかし、預かったスケッチの絵がヘタ……いや、見にくかったなんぞとは、客先に言えませんしね」

「うーん」工藤が唸りながら腕を組んだ。「こういうことは今までもあったよな。そのたびに、よけいな手間と時間と経費がかかってるわけだ」

「設計図面を見せてるんですが、お客さまのほうはうまくイメージできないようで。あとになってこういうことになる」

「なにかいい方法はないのかよ？」

工藤が腕組みしたままで考え込む。

「デッサンを用意するっていうのはどうかな？」

そう言ったのは順平だった。

「デッサンって、向こうはすでにスケッチを用意してるんだぞ。絵に対して、また絵を返すっていうのか？　それこそ、ひと手間増えるだけだろう」

否定的な工藤に対して順平は反論せず、おもむろにバッグからタブレットとペンを取り出した。そして、手慣れた様子で液晶画面に絵を描き始める。

「耳は丸くするってことでしたよね？」

と彼が山脇に訊く。

「ああ、そうだ。あと、顔の輪郭も丸く。なにしろ熊だそうだから」

「こんな感じっスか？」

順平が手早く立体的なペットボトルを描き上げた。

「へー、うまいもんだな」と山脇が感心してから、「あとなジュン坊、ボトル部分に持ちやすいよう、くびれをつくってほしいとさ」そんな注文をさらにつける。

工藤も、それからメイも順平の手元を覗き込んでいた。

「これでどうっスかね？」

「いいよ！　いい!!　ジュン坊、そいつをもらえないかな？　お客さまに見せて、確認してもらうよ」

「ヤマさんのパソコンにメールで送ります」

ふたりのやり取りをじっと見つめていた工藤に向かって、「順平君がこの二年間、人生というインターンシップに出ていたとは考えられませんか？」と紗耶香が言う。

「親父」順平が工藤に顔を向ける。「俺、ここに来てはっきり分かったよ！　俺、親父の会社でやってる仕事が好きなんだよ！　グラフィックデザインの仕事も好きだったけど、鉄工所の仕事も好きなんだよ！　だから、みんなと一緒に仕事がしたいんだよ！」

工藤が頷いた。

「おまえ、やっとここで働きたい理由を口にできたな」

順平が戸惑ったような表情で、父を見返していた。

「明日からでも、学校の空き時間に通ってこい。インターンとして使ってやる」

工藤が穏やかに言葉をかける。

「どうした？　インターンシップくらい、町工場のオヤジにだって分かるぞ」

「社長、よろしくお願いします！」

順平が直角に身体を折ってお辞儀した。

彼に向かってメイが、「順平さんのこと、社長からいつも伺ってたんですよ。〝俺には、きみと同じ齢の息子がいるんだ〟って」そう言うと、キュートな笑みを浮かべる。

「えっ、あ、どーも……」

順平がどぎまぎしている。きっと彼の中では、世界の光量が一段上がったはずだ。ここにも、人生のインターンシップ中の青年がいた。かつて、パート勤務の職場で自分さがしをしていた関根理沙のように。ハローワークで研修中の自分だってそうだ、と思う。

帰途、リコは紗耶香に尋ねてみた。

「順平君には模擬面接ってしたんですか?」

工藤鉄工所に順平を残し、紗耶香とふたり駅に向かって歩いていた。

「そんなものするはずないじゃない。今日のは職業相談っていうより、親子の問題よ。正面からぶつかるしかないの」

「なるほど」

「それにね、工藤社長は最初から順平君に戻ってほしいと思っていた」

「加納課長は、絡まった糸を解きほぐしただけだと――そう仰《おお》せになるのでござろうか?」

紗耶香が頷き、「なに、そのヘンな時代劇みたいな口調?」と笑ったあとで再び眉をひそめる。その横顔は、どこまでも芸術的だった。

「工藤社長が順平君に戻ってほしいというのは、わたしにも読めていたの。ただ、面目を気にする工藤社長が言いだせないだけなんだって想像してた。だけど社長が、順平君自身の口から工藤鉄工所で働きたい本当の理由を聞きたいと考えてたなんて予測不可能」

それが「あんた、なんにも分かっちゃいねえな」と工藤に言われ、紗耶香が自分の見立てに疑問を持った表情をした理由だったわけか。

「やっぱり、リクルートって難しい。あ、この場合、親子の問題って難しいということになるのかな」

親子の問題か……とリコは思う。

2

「あのう、この子には、どうしても大手企業の就職口を用意していただきたいんです。なにしろ、わたしのせいなんですから。わたしが丈夫に産んであげられなかったせいなんですから」

母親がそう懇願する横で、ナツミは先日と同じように疲れた人形のような表情で座っていた。

新卒応援ハローワークのガラス張りのブースにいた。ナツミ母娘《おやこ》とテーブルを挟み高垣とリコが向き合い、奥のお誕生日席に紗耶香がいる。

「なんでそこまで大手にこだわるのでしょう？」

と高垣が訊いた。

「病院でも同じ質問をしましたよね」とナツミが返す。「あなたたちだって、公務員という大手企業に勤めてるじゃないですか」

うまいことを言う、とリコは思った。自分が国家公務員を選択した理由も、威張れたものではないのだ。

今度はナツミが発言する。

「だいたいハローワークの職員なんて、無能なんじゃないですか？　ほら、公務員って一生懸命仕事してない感じするじゃないですか？」

うわっ！　エグいこと言うなあ！

すると口を開いたのは、お誕生日席の紗耶香だった。

「わたしはこの仕事の中で、多くの会社の方と接してきました。それで分かるんだけど、どんな一流企業にも、あまり有能でない人がいる。それと同じく、ハローワークにも有能な人とそうでない人がいるのは確かでしょう。でも、ハローワークの職員の能力がおしなべて低いかというと、そうは言えないと思う。むしろ役所の中では、比較的レベルが高いほうに属するんじゃないかしら。ハローワークの紹介によって就職した人の数は常時集計され、各種統計データとして活用されます。雇用情勢がひとたび悪化し始めると、ハローワークに対する期待……というよりも世間の目が格段に厳しくなる。そうした常に成果を求められる中で職務を行っていかねばならないのですから、少なくとも職業紹介にかかわる部門――つまり我々については、民間企業とさして変わらない環境といえるでしょう。我々は求職者と求人企業との間に立って、企業の人材ニーズの動向を常に肌身で感じ取っています。〝どうせ役に立たない〟と決めつけず、我々のプロとしての知識や知恵を引き出して活用できる人なら、それなりに有能に感じるでしょう」

ナツミのエグい意見に対して、紗耶香がえげつない意見を返した。

「じゃあ、あたしが有能じゃないっていうの!?」

「そんなことは言っていません。我々をうまく使い倒しなさい、とそう言っているんです」

「あの、よろしいでしょうか？」と母親が遠慮がちに言う。「大手に採用された場合、すぐに入社できるんですか？」

紗耶香がすぐさま応える。

「大手は採用者の数も多いです。このことから一括採用のメリットがあるので、既卒者も採用が内定しても来年四月入社で、となります」

「それはそれで、体裁《ていさい》が悪いわね」

母親がぽつりとこぼす。

思わずリコは、「体裁、ですか？」と口にした。

「ええ。だいたいナツミが病気になったのだって世間体《せけんてい》が悪いのに……」

母親の発言に対して、「なぜ世間体が悪いんですか⁉」食い気味にリコは言う。紗耶香の得意技を奪うようだが、ここは黙ってはいられなかった。

「だって若いのに、がんだなんて。まるで、わたしの健康管理が悪かったみたいだもの」

ナツミの母親は、娘が病を得てなお世間体を気にしている。

今度は高垣がナツミに尋ねた。

「再度伺いますが、島村さんが大手企業への就職にこだわる理由はなんですか？」

「目標だったからです」彼女がきっぱりと応えた。「子どもの頃から就職先は大手企業でなければならないと思っていました。そのために、大手への就職率の高い大学に進学することを目指したわけですし」

高垣がなおも訊く。

「そうやって努力して入った会社で、島村さんはなにがしたいんですか？」

ナツミがにやりとした。

「〝入社後にやりたいことはなにか？〟というのは、企業面接の定番ですよね。この質問に対する応えから、就活生が相手企業について正しく理解しているかが判断できるわけです。きちんと企業研究して業務の内容を理解している就活生なら、明確なビジョンを持って企業の業務に沿った話ができる。でも、深く企業研究していない就活生だと、予測やイメージで話をしてしまうため、実際の業務や理念とはかけ離れた話をしてしまうことがある。安易にイメージだけで、この企業ではこういう仕事があるだろうと決めつけて話してしまうと、その内容から企業研究を怠っていることが採用担当者に筒抜けになってしまう」

彼女が得意げな顔をしている。ナツミはそのように努力して、大手企業から内定を勝ち取ったのだろう。

だが高垣は、彼女の自信を打ち砕くようにさらに質問する。

「それってマニュアルですよね。訊きたいのは就活の対策じゃなくて、島村さんが本当になにをしたいかなんですよ」

「え……」

ナツミは質問に応えられなかった。一方で順平は、なぜ工藤鉄工所で働きたいかを、父親に向けて自分の言葉ではっきりと口にすることができた。ただし、二年間学んだグラフィックデザインが、今後実際に会社で活かせるかどうかは彼次第なのだが……。

そこでリコはさらに訊いてみる。

「ひとつ教えてください。ナツミさんの持っている強みってなんですか？」

不意を突かれた彼女は、ぽかんとしていた。もしかしたら、また頭の中で面接マニュアルをひっくり返しているのかもしれない。

「この子の強みはね、人とコミュニケーションをとること」

そう援護したのは彼女の母親だった。

「ナツミはね、学生時代に百貨店の和菓子屋さんで接客のアルバイトをしていたの。人と接するのが好きなんですって」

意外な彼女の側面だった。

「近所の目の届かないところだし、アルバイトするのもいいかなって」

と、また体裁を気にした発言をする。

「ともかく」と、疲れた人形のようだったナツミが、再び挑むような顔つきに変わった。

「あたしは周りから、かわいそうな人って思われたくないだけ！」

「島村さんは、お母さんに支配されていると思います」

リコが言う。ここにも親子の問題が横たわっていた。

「そうなんだろうけどさ」

と高垣は同調しながらも煮え切らない。

新卒応援ハローワークからアズマに戻り、庶務課の席でナツミ母娘の話になった。いや、新卒応援ハローワークでも、ナツミ母娘が帰ったあとにこの件で話し合ったのだ。ナツミが大手企業への就職を希望しているのは、自らの意志ではなく母親の希望によるところが大きいこと。母親のその希望は、多分に世間体を気にしたものであるということだ。「だからって、島村さんの志望を変えることはできない」とは紗耶香の意見だった。「親の希望で大手企業に勤める就活生はいくらだっているわけだから」

「ガッキーさんも、加納課長と同じ考えだと？」

「そうなるな。島村さんが、母親の希望で大手に入社したいというのであれば、それを支援したいと思う」

確かにそのとおりなのかもしれない。だとしても、ただ大手だというだけでやみくもに企業紹介していいものだろうか？　やはり、ナツミがしたいことをさぐりたい。そうして、彼女に合ったところに就職してもらいたい。週に一度、病院で出張相談を行う中で、さまざまな有病者と面談した。「通院のため、土日以外に月一〜二回の休みは欲しい。年収は勤務時代と同程度八百万円以上を希望する。ただし職種は問いませんので」と五十代の男性から思いきり譲歩したように言われた時には、ため息が出そうになってしまった。自分の置かれている状況が理解できているのかな？　と。歩く速さを変えた今だからこそ、しっかりと自分の働き方、現実と未来、新しい日常を見つけてほしいのだ。それは、ナツミにも。

リコにはもうひとつ気になることがあった。「あたしは周りから、かわいそうな人って思われたくないだけ！」——彼女が発した言葉だ。最初に病院に出張相談した際にも言っていた。

高垣の机上の電話が鳴る。一階受付から、来客を伝える内線だった。

「マンマミーア、行くぞ」

「はい」

高垣と一緒に階段を下りる。一階フロアに入っていくと、受付の亜紀がブースの番号を高垣に伝えた。彼が礼を言い、そちらに向かう。リコが伝えられた番号のほうを見やると、スーツ姿の男性が椅子に座っている後ろ姿があった。

「黒木《くろき》さんは、いつも時間ぴったりに来るからな。お待たせしないように、俺も約束した時間にはカウンターにいることにしてるんだ。今日は、おまえと話してて遅れちゃったよ」

「すみません」

ふたりでカウンターの内側に入り、男性の前に回り込む。

「黒木さん」

高垣が声をかけると、「やあ」と相手が気さくな笑みを浮かべた。黒木は五十代前半。彫りの深い顔立ちだが大理石の像ではない、木彫りのような素朴な顔立ちだった。ただし、肌の色つやはよくなかった。それに、大柄だが痩せている。病院の出張相談以外にも、高垣は有病者の職業相談を受けている。この男性と対面しているのも、目にしていた。

高垣がリコに目を向ける。

「黒木さんはITの上級スペシャリストだ。求人票を見て勘どころが分かるから、自分で求人先を選んで、すぐに採用が決まる。面接の際に思ったとおりでないと、黒木さんのほうから断っている」

「へえ」

そういう人もいるんだ、とリコは感心してしまう。

高垣が頷くと、話を続けた。

「黒木さんは、現場を取りまとめる役割を担う。実作業は現場のスタッフが行うんだ。プロジェクトが終了すると退職し、また治療に専念する」

高垣が今度は黒木のほうに顔を向け、「今日はお仕事の件ですか?」と尋ねた。

「いや、雑談をしにきたんだ」彼が言う。「相手になってくれるかね?」

「もちろんです」

黒木がリコに目を向けた。

「こうやってね、彼には時々話し相手になってもらうんだよ」

「今日は、あたしもお話を伺わせていただきます」

リコの言葉に、黒木が頷いた。

高垣が尋ねる。

「お加減はいかがですか？」

あっけらかんと黒木が、「よくないね。腹水が溜まってしまって」とお腹を撫でさすった。痩せているのにシャツの下腹だけが丸く膨らんでいる。「抜きにいかんとな」

聞いている高垣のほうがつらそうな顔をしていた。

しかし、黒木のほうはいたって平静である。

「実は以前から考えているプランがあってね。いよいよそれを実現に移そうと思う」

気を取り直したように高垣が、「なんでしょう？」と合いの手を入れた。

「ITのスキルを使って、最適な医療を受けられるマッチングアプリを開発して運営したいんだ。今の医療だと、せいぜいがセカンドオピニオン止まりだろ。患者にしてみれば、自分と馬が合う医師を見つけられたらって希望があるんだよ。医師から言われるまではなく、なんでも話ができるようなさ。それを私の生業《なりわい》にしたいんだ」

高垣もリコも、彼のバイタリティに驚き感心していた。

「このアプリをさ、後輩患者さんに役立ててほしい。なにしろ私も大変だったという経験があるから、気持ちが分かる。いや、〝後輩〟って言い方もおかしなもんだがね」

黒木が、からから笑う。

彼がアズマを辞すると、「黒木さんは、非保険対象で一回三百万円の治療費がかかる先進医療を受けている。すげえスキルも持ってる。身体はしんどいかもしれないけど、きっと、新しいビジネスを軌道に乗せられるよ」高垣の声には、彼へのリスペクトが満ちていた。「〝気晴らしの雑談だ〟って言って、黒木さんは時々アズマにやってきては、俺なんかを相手にいろんな夢を聞かせてくれるんだ」

黒木はステージ4のがんで、転移もあるという。腹水貯留の症状もあった。それでも〝かわいそうな人〟なんかには見えない。それどころか、〝後輩患者さんに役立ててほしい〟と、医療のマッチングアプリを運営しようとしている。

「そうだ！」

リコは声を上げていた。

「なんだよ？」

不思議そうにしている高垣に向けて、「思いついたことがあるんです」と言う。

「ママってば、今度は大手じゃなくてもいいから早く就職しろって言いだしたのよね」とナツミがぼやく。「あたしが家にいると、世間体が悪いんだって。ほら、〝お嬢さん、お勤めは？〟って訊かれて、〝病気になっちゃったのよ〟って言いたくないんじゃないの」

3

病院の相談支援センターにあるカンファレンスルームで、高垣とリコはナツミと向かい合っていた。ナツミには、ひとりで来るように電話で伝えた。素直に応じたのは、母親に見放されたように感じているからなのかもしれない。

ドアがノックされて、入ってきたのは白衣姿の茜である。

「今日は島村さんにぜひ会っていただきたくて、特別ゲストをお招きしました」

リコは言った。

「松雪です」

茜が名乗ると、ナツミが椅子に座ったままでちょこんと頭を下げる。

「You are what you eat」

病院に勤める前はホテルに勤務していた茜が、素晴らしい英語の発音をした。

「直訳すれば〝あなたはあなたの食べるもの〟すなわち〝あなたがどんな人かは、食べてきたもの次第〟という言い習わしがあるの。あるいは、どのようにして食べるか、どのような思いを込めて食べるかによっても、その食事は人の身体や心への影響の及ぼし方が違ってくるかもしれないわね」

「松雪さんは、この病院で栄養士をしているの」

リコが補足すると、ナツミがふてくされたように、「それはタイヘンお世話になりました」と茜を見ずに言う。

それでも茜は、笑顔を彼女に向けた。

「わたしが、がんという病を得て、病院付きの栄養士になろうと決めたのは、この〝あなたは、あなたの食べたものでできている〟という言葉が頭にあったから」

ナツミがはっとした表情を見せたのは、茜の〝わたしが、がんという病を得て〟という言葉のために違いない。

「そしてもうひとつ、生かされていることは意味があると思ったから。生かされている、という意味は人のために尽くす、ということだと考えたの」

ナツミは黙って話に耳を傾けている。

「病院で知り合った男性のがん患者さんでね、運送会社に勤めていらした方がいた。でも、退院後はもうハードな仕事には従事できない。そこで、ハローワークの職業訓練でパソコンを学んだの。在宅医療クリニックで、先生と看護師さんをクルマで送って行く。診療中に家の外で待っている間は、ノートパソコンを操作して、医師のスケジュール管理をしている。この人が仕事を選んだ理由は、お世話になった医療の現場に少しでも恩返しがしたかったからだと」

しかしナツミは、「〝人のために尽くす〟とか〝恩返し〟とか、あたしはそんなに立派じゃないんで！」と突っぱねた。そして立ち上がると、足早に部屋を出ていく。

高垣が、「島村さん！」と呼び止めたが、振り返らなかった。

「すみません」とリコは茜に謝る。「松雪さんのお話が、きっと彼女のためになるはずと思ってお願いしたのに、こんなことになってしまって」

「いいの」と彼女がほんのり笑みを浮かべた。「最後に自分の仕事に対する考えを、誰かに話せてよかった」

「〝最後〟って……？」

リコは息を呑む。

「来週から緩和ケアに入るの。治療法がなくなってしまった」

高垣もリコも返す言葉が見つからない。

「わたしね、ハローワークの人たちに感謝してるんだ。就職活動をする前は、自分はがん患者なんだということが頭を占めていた。病名はこうで、治療は苦しい……それだけ。でも、入院していた病院で出張相談を受け、登録だけでもできた時、新しい一歩を踏み出せた気がした。職業訓練で栄養士の資格を取ってこの病院に就職が決まった時、報告に行ったら顔なじみの相談員さんが喜んでくれて……。彼女、涙ぐんでた。それを見て、わたしも泣いちゃった。ふたりでね、涙を浮かべながら笑っていた」

リコの目から、ぼろぼろっと涙がこぼれ落ちる。隣で高垣が、顔を背け肩を震わせていた。

「あなたたちに、もう一度会えてよかった」

茜が言って、泣きだしそうな笑顔になる。

「今度の仕事では純粋に働くことの喜びを味わえたの。まるで天職みたいだった。ううん、その言い方がおおげさなら、今のこの仕事が好き。だとしたら、病気のおかげで好きな仕事に出会えたんだって、感謝さえした。活き活き働けて、人の役に立てているかもしれないって実感が得られたんだもん。だから……」彼女が言葉を詰まらせた。「だから、好きな仕事をもう少ししていたかった……」

第六章　ブラック派遣

1

「おいマンマミーア、そのデータ入力が終わったら、あっちにつくねて置いてある求人資料をファイリングしとけ」

高垣からそう指示され、「なんですかそれ?」とリコは訊き返す。

「なにって、なにヨ?」

「その、つくナントカって?」

「あ、つくねるって言わねえ?」

「ガッキーさんって、出身どこですか?」

「三重だけど」

リコは皮肉な笑みを浮かべた。

「三重では、ああやってぐっちゃぐちゃに積んであることを、つくねるっていうんですね？」

「おまえ、確か千葉だったよな？」

「ちなみに現在、実家がある場所が千葉ってだけです」

「お高くとまってんじゃねーよ、首都圏だからって」

べつにお高くとまってなどいなかった。首都圏とはいえ、自分の実家があるのは房総半島の突端の館山《たてやま》。東京駅から特急に乗っても二時間以上かかる。しかも、実家がそこに引っ越してからは一度も顔を出していないのだ。そんな複雑な事情を、ここで説明するつもりはさらさらなかったけれど。でも、なんとなく面白くないリコは、さらに言ってやる。

「そこにこだわるんでしたら、あたしは東京の下町生まれです。まさに、この近くなんですけど」

ぶつけるだけ、ぶつけてしまうと、不機嫌な顔で口を引き結んだ。

高垣も気圧《けお》されたように、「まあ、いいんだけど……」と、それ以上ちょっかいを出してはこなかった。

リコは鬱屈《うっくつ》していた。だから、高垣に絡んでしまったのだ。週に一度の病院への出張相談、庶務課の事務作業に加えて企業からの求人受理の手伝いなど、自分が行っていることは研修というより限りなく雑用ではないかという疑問が強くなっていたのだ。いいかげん、部署のたらい回しは終わりにして、どこかにきちんと固定してほしかった。所長の方針というのが、まったく理解できない。

「つまり求人内容と違っていた、そういうことですか?」

リコの言葉に、浅井《あさい》が頷く。

「こちらで紹介されたジョブシスターズに行ったら、派遣先が違っていました」

浅井は六十代半ば過ぎ。白髪交じりの髪を、かっちりとした七三分けにしている。スーツ姿で、いかにも実直な印象である。長年勤めたメーカーを定年退職し、その後は同じ職場に嘱託として六十五歳まで勤めた。年金と蓄えで生活に不自由はないのだが、もう少し働きたい気持ちがあって派遣会社に登録することにしたのだ。

「えっと、派遣先は神無月《かんなづき》産業さまになっていますよね?」

リコは求人票を眺めながら言う。神無月産業は、新財閥の異名をとる神無月グループの電子機器メーカーだ。

「ええ」と浅井が応える。「私も長年メーカー勤務だったんで、その経験が活かせるかなと思って応募したんです」

神無月産業への派遣社員の募集があった。ハローワークに求人を出したのは、人材派遣会社ジョブシスターズである。求職希望者は、ハローワークの紹介によってまずはジョブシスターズに派遣登録する。

「ところが、実際の派遣先は神無月産業さまではなかった、と？」

リコの言葉に、「ええ」と再び浅井が応えた。

ジョブシスターズから求人の申し込みを受けたのはリコだった。それで、浅井から情報がもたらされると、二階にいる自分に確認の内線が入ったのだった。この日もリコは、求人受理窓口で業務に就いていた。一階の職業相談窓口に行ってみると、浅井は苦情のために来所したわけではなくて、ジョブシスターズに派遣登録が無事済んだ報告にきたのだということが分かった。

「派遣先が当初の希望とは異なっていたわけですが、それでもいいのですか？」

「この際、メーカー以外の職場を体験するのもいいと考えました。定年はとっくに過ぎています。私が役に立てそうな仕事なら、なんでも構わんのですよ」

浅井が誠実そうな笑みを浮かべた。

それでも、ハローワークを通じて公開している求人票の内容と事業所の提示が異なっていた以上、見過ごせない。

「どういうことなのか、問い合わせてみますね」

リコはカウンターにあるビジネスフォンの受話器を取った。

「神無月産業さまへの派遣は先週までで、ひと段落しちゃったんですよねぇ」と、電話に出た担当者の女性がいかにも残念そうに言った。リコは、眼鏡を掛けたヤリ手風の彼女の顔を覚えている。さらに彼女が、「ほかにもラクで楽しいお仕事がいっぱいあるんですよぉ」と、幾つか派遣先を並べる。

「分かりました。それでは、派遣先の修正をお願いいたします。それまで、求人票は非公開にしておきますね」

とリコは伝え、電話を切った。この件に関して最初から特に不満を抱いていなかった浅井が辞する。

「ちょっと気になるわね」

そう口にしたのは、ナビゲーターの笹原《ささはら》真弓《まゆみ》だった。五十五歳の真弓は知的で落ち着いた雰囲気の、すらっとした女性である。浅井に対応した彼女が、求人票と労働条件が違うことを聞き、リコに問い合わせてきたのだった。

「なんでしょう?」

リコが尋ねたら、「就業先を神無月産業としておきながら、実は仕事がなかったとしたら」と真弓が言う。

「え、よく分かりません」

「つまりこういうことなの、マンマミーアちゃん」と、相談窓口で隣にいる真弓が自分のほうに顔を向けてくる。「神無月産業が新しく工場をオープンするとかで、まとまった人数の派遣が欲しいとジョブシスターズに依頼があった。ただし神無月産業は、同時にほかの派遣会社にも声をかけていて、最初に頭数が揃ったところにまとめて発注するとしている。それで、ジョブシスターズは、現時点で仕事がないにもかかわらず人員確保のために登録させた」

さすがに人材派遣会社に勤務経験のある真弓だ。リコには想像もつかないような話である。

「それって、やっていいことなんですか？」

「もちろん、そんな釣りのような求人はダメよ」

真弓は、人とかかわる仕事がしたくて人材派遣会社のコーディネーターをしていたそうだ。「もう四半世紀以上も前のことになるんだけどね」と真弓は、茶目っ気たっぷりに舌を覗かせた。たとえば営業部門に事務系スタッフを派遣したとする。であれば、請求書発行など事務のみに仕事は限られる。ところが得意先への電話対応をさせられるなど、契約以外の業務を求められた。そうした場合の対処を行うのが、真弓の仕事だ。派遣先とスタッフの双方に定期的にコンタクトを取って、状況を把握する。派遣スタッフは平日勤務とは限らないので、真弓は結婚後も土、日のどちらかは出勤する必要があった。携帯電話を誰もが持っている時代ではない。スタッフと話そうにも職場に電話するわけにもいかず、終業後に連絡を取り合うため夜も仕事を持ち帰るのがもっぱらだった。結局、派遣会社を辞めることになったが、子育てがひと段落し、国家資格のキャリコンを取得。仕事探しの段階で、ハローワークのナビゲーターがヒットした。

「まあ浅井さんは、派遣先が違っていたのをそれほど気にしていないわけだしね。求人票の内容を改めたことでよしとしましょう」

かつて真弓が勤めていた人材派遣会社は、派遣後にもスタッフのアフターフォローをしていた。ハローワークも、求職者に事業所を紹介するだけでよいのだろうか？　すると、関根理沙のことを思い出す。理沙は港区のハローワークで相談員に勧められ、パートタイムの仕事を始めた。その職場で彼女は、陰湿ないじめに遭ったのだ。

カウンターで内線電話が鳴り、はっとしたようにリコは受話器を取る。

「マンマミーア、おまえ宛に西岡さんから外線が入ってる」

高垣だった。

雅実から電話って、なんだろう？　自分のせいで阿久津の機嫌を損ねたのは、つい先週のことだ。リコは嫌な予感がした。

「つなぐぞ」

高垣が言って、電話が外線と切り替わった。

「代わりました間宮です」

「もしもし……」

雅実の声がして、彼女がおずおずと話し始めたのは意外な内容だった。

「えっ、じゃ、この間、タワマンの下にいた中学生くらいの女の子は、阿久津さんの孫だったってことか⁉」

高垣が驚いていた。

「カノンちゃんと、お母さんの愛《あい》さんはアメリカに住んでるそうです。この十日間は、愛さんの仕事の関係で東京に来ています。で、明日、アメリカに帰る。カノンちゃんは、仲違《なかたが》いしているおじいちゃんとお母さんの関係を修復したいと思っているんです。それを知った西岡さんは、あたしに協力してほしいと。これから、愛さんに会いにいきたいんです。トーカツ、よろしいでしょうか?」

神林の席の横に立ってリコはそう申し出る。

「しかしなマンマミーア君、それはハローワークの仕事から逸脱してるぞ」

神林に続いて高垣も、「そうだぞ、マンマミーア」と声を上げる。「阿久津さん宅から帰る時にも言ったはずだよな。〝西岡さんが職場で良好に就業できてりゃ、俺たちはオッケー〟だって。あん時、一緒にメシ食ったのはよけいなことだったんだぞ」

「メシって、きみたちご馳走になったのか?」

神林に問いただされ、高垣がうろたえる。

「あ、そうなんです。ちょっといろいろありまして……」

リコはなおも食い下がる。

「西岡さんが職場で良好に就業するために、愛さんに会いにいくんです！　それなら仕事の範疇といえませんか⁉」

「仕事の範疇とはいえんね」と神林が却下する。「ハローワークの仕事は、あくまで就職活動の支援だ」

「では、就職さえしてしまえば、アズマで紹介した人がどうなってもいいんですか⁉」

言い方がむきになっていたかもしれない。

「うーん」

神林が腕組みして考え込む。

「どうなってもいいはずがありません」

静かにそう言う声が届いた。

「チャコ所長！」

三人で声を揃える。

庶務課の奥にある所長室のドアが開き、ぽちゃっとした小太りの五十代後半の女性が立っていた。低い鼻の上に丸い眼鏡が載っている。所長の丸山久子は、都内のハローワークの所長会の理事長である。そのため職業能力開発センターの特別講師や商工会議所などで主催される労働問題の講演やセミナーに駆り出され、不在であることが多い。それが、珍しく今日は所内にいたらしい。

神林と高垣もさっと席から立ち上がった。

久子がリコに向けて、「〝わたしの仕事はここまで〟などと区切りをつけたりしないで。どんどんはみ出してちょうだい」と諭す。

リコは目をぱちくりさせていた。

久子がなおも告げる。

「ハローワークに相談に来たひとりひとりを、自分の身内だと思って。さあ、行きなさい」

「はい」

リコはビジネストートを肩に掛け、「行ってきます!」と、カウンターの外に飛び出した。

2

「ハローワークの方が、いったいどんなご用件ですか？　アポイントメントのない方とは、本来はお会いしないことになっています」

四十代の愛は、きりっとした中に華やぎのある美人だった。どこか日本人離れしている。顔立ちがではなく、雰囲気がそうなのだ。阿久津にも感じたことだが、リコの目には国際人と映る。自分とは住む世界が違うのだ。

「あたしは、阿久津さんの家政婦さん——西岡さんに頼まれてここに来ました」

愛が勤務するアメリカ巨大銀行の日本支社は、虎ノ門の超高層ビルにあった。受付前に幾つか置かれているガラストップの丸テーブルのひとつで、愛とリコは向き合っていた。

「家政婦さんに頼まれたのですか？　父本人ではなく？」

彼女が不思議そうに訊く。

「西岡さんを阿久津さんに紹介したのは、ハローワークです。西岡さんは阿久津さんのお世話があり家を離れられないので、あたしがこちらに伺いました。愛さんは明日、アメリカにお帰りになるそうですね？」

「ええ」

「その前に、阿久津さんに会っていただけないでしょうか？」

「父がそれを望んでいるのですか？」

「いいえ」

リコは視線を落とす。

愛が、いら立ったように口の先で小さく息を吐いた。

「その家政婦さん――西岡さんは、なぜ父娘のことに口を挟むのですか？」

「西岡さんは、阿久津さんから強い信頼を得ています。阿久津さんは〝私の最期を看取ってほしい〟と。〝その場合には、二千万円の特別賞与を支払う〟と約束されています」

リコは伝えたあとで、しまったという表情をしてしまう。

それに気づいた愛が、「父がどんな約束をしようと、わたしには関係のないことです」とクールに言う。「金銭面において、わたしはすでに父から多額の支援をしてもらっています」

かつて東京の大学を出て地方局のアナウンサーになった愛は、アメリカの大学院へ入りたいと父に相談した。本格的なメディア論を勉強したかったのだ。キー局報道部の記者を志望していたがかなわず、不本意なままに仕事を続けていたからだった。大学院の授業についていくには、当然のことながらまず英語をブラッシュアップしなければならない。現地の語学学校へ二年間通い、希望するニューヨーク大学大学院へ入学できた。アナウンサー時代の預金だけではとても生活できず、多額の送金をしてもらっていた。ニューヨークは世界一物価が高い。

当時、コロンビアに頻繁に出張していた阿久津は、帰国の都度ニューヨークに立ち寄り、娘のアパートを訪ねてくれた。そうした際には、ここぞとばかりに父と一緒に有名レストランやバーに繰り出し、ワインで乾杯した。貧乏学生の愛だったが、食いしん坊の両親の薫陶《くんとう》を受け口が奢っている。父はとんでもない散財をしたはずだ。ニューヨークには世界中の芸術、エンターテインメント、美食が集まっている。なにもかもがある。ただそれを享受するには、経済的に恵まれていることが不可欠だった。

大学院の夏休みには、ラテンアメリカの現状が知りたくて、父の出張先のコロンビアへ飛んだ。父の取引先の会社幹部を紹介してもらい、彼らの家に招待されるなど大歓迎を受けた。

二年が過ぎ、大学院の修了式がやってきた。両親がマンハッタンにあるキャンパスに来てくれた。当日は曇り空で、屋外の会場は肌寒かった。それでも、世界中から集まってきた保護者らが、あちこちで記念撮影をしている。父も、アラサーの娘と学友たちの写真を撮っていた。

愛は就職活動をするためそのままニューヨークに残った。そして、在ニューヨーク日本総領事館に勤務する幸運に恵まれた。そこで知り合った日本人男性と結婚し、カノンを産んだ。

現在はメガバンクに勤務し、アメリカ国籍も取得した。カノンも二重国籍を持っている。

「日本に帰るつもりもないし、今さらのようですが父の財産を当てにもしていません。もちろん西岡さんに二千万円支払うにしても、それは父のおカネです。わたしが関与することではありません」

愛がきっぱりと告げた。

そこでリコは思い切って訊いてみる。

「日本に帰るつもりはない、とおっしゃいましたね。阿久津さんと愛さんの折り合いが悪くなったのは、そのためですか？　つまり、愛さんがアメリカに永住することを決めたのが原因なのですか？」

「父は自由人です。娘がどう生きようと、口を出す人ではありません。わたしがどこに住もうと、好きにすればいいと考えています。自分がそうしていたように」彼女がかすかに笑みを浮かべた。「田舎暮らしを望む夫と別れる決心をした時にも、父はなにも言いませんでした。自分の娘はニューヨークという街に魅せられてしまったのだ、程度にしか思わなかったでしょう」

――「〝人〟という文字と、〝動〟という文字を合わせて〝働〟。働くとは、人が動くことを表しているんだ。求職者がいったいどのように動きたがっているのか、それを知ったうえで相手に寄り添う。我々の仕事とはそういうものだ」入省して間もない頃、神林にそう言われた。以来、相手がどう動きたがっているかを知ろうとしてきた。愛は、本当は父親に会いたがっている、そうリコは感じた。言葉の端々に、阿久津へのリスペクトが窺えたから。そう、彼女は道を切り拓いていく生き方を父親に倣っている。

「では、なにが原因なのですか？　愛さんと阿久津さんの間に、いったいなにがあった

「あなたは突然やってきて、ずけずけとものを言って、面白い人ですね」愛が口の端に笑みを浮かべる。「いいでしょう、話します。一年前、母の幸子《さちこ》が亡くなりました」

幸子はすい臓がんの手術を受けたが、三ヵ月後に肝臓に転移した。放置すれば余命半年、と主治医の宣告があった。すぐに抗がん剤投与が決まったが、幸子はそれを断った。副作用による脱毛や嘔吐《おうと》など、苦しい思いをしてまで治療を受ける気持ちはない、と信頼している主治医に打ち明けた。一年前に開設された、同じ病院の緩和ケア病棟で静かに最期を迎えたい、とも。目を真っ赤にして必死に抗がん剤投与を勧める医師に向けて幸子は、「先生、ありがとうございます。けれど、さんざん考えた末、覚悟を決めたことですから」と、安らかな死を望む気持ちが変わらないことを伝えた。

「わたしは、母の考えに同意できませんでした。主治医の先生も、あんなに一生懸命に治療を勧めてくれたのです。治療を受ければ、もっと生きられた。あれでは、まるで母は自分から死を選んだようなものです」愛が小さく首を振った。「ところが父は、母の希望を受け入れた。〝ゆるぎない死生観を持つ幸子に、むしろ尊敬の念さえ覚えた〟こともあろうにそう言って、死を選んだ母を積極的に後押ししたんです」

リコは声に出さずに唸ってしまった。これは難しい問題だぞ。

「父は、母を失うのが悲しくなかったんです。わたしは、そんな父と一緒にいることが耐えられなかった。それで母の葬儀を終えてからは、距離を置くようになったんです」

「阿久津さんは、奥さまを亡くされて充分に悲しまれています」

そう言ったら、「え？」と驚いたように愛がこちらに目を向けた。

「あたしは、阿久津さんが奥さまとの馴れ初めを楽しげに語られるのを聞いています。リビングには、奥さまの写真が飾られていました」

愛がなにか反論しようとした時だ、「マム」と声がした。受付の前に、阿久津宅のマンションの下で見かけた美少女――カノンがいた。小川も一緒だ。

ふたりがこちらに歩み寄ってくると、「カノン、どうして？」愛が立ち上がった。リコも並んで立つ。

「マムは、グランパに会いたいはずよね？」と彼女が言う。「あたしもダッドに会いたいと思ってるから、よく分かる」

「わたしが会いたがっている？」

愛は愕然《がくぜん》としていた。

「あたしもそう思います」リコは隣にいる彼女に向けて言った。「愛さんは、阿久津さんが奥さまを亡くされて深く悲しんでいるのを知っているはずです」

そこで愛がなにかに気づいたように、さっとリコを見る。

「間宮さんは先ほど、父が西岡さんに〝私の最期を看取ってほしい〟と言ったと？」

「はい」

リコは応える。

愛が今度は小川に顔を向けた。

「小川さん、いつも父がお世話になっております」

そう礼を言って会釈する。

「愛さん、ご無沙汰しております」

小川が、阿久津邸でリコらと会った時と同じく礼儀正しいお辞儀をした。

「久し振りにお会いして、いきなりこんな質問をするのもなんですが」と愛が小川に言う。「父は胸部大動脈瘤《だいどうみゃくりゅう》の手術を受けたのでしょうか？」

「それが」と小川が悩ましげな表情をした。「相談役は〝その必要はない〟の一点張りなんです」

「ではこの二年間、放置したままなのですね？」

「ええ」

愛が再びリコを見る。

「間宮さん、父に会いたいと思います。父は、死を覚悟しています。母のあとを追うつもりなんです」

3

小川の運転するクルマで阿久津邸に向かう。その車中で、阿久津が二年前に動脈壁の局部がこぶ状に拡張した状態であるとの診断を受けたこと、医師によれば五〇ミリ以上が要手術領域であり阿久津の動脈瘤はその時点で直径五一ミリであったこと、放置すればしだいに増大し、破裂して大出血を起こす危険があると宣告されていることを愛から聞いた。

一方カノンは、祖父に会いたくて何度もマンションまで足を運んだこと、しかし知らない女性が常に祖父に寄り添っていて声をかけられなかったこと、マンションから出てきた小川に声をかけられ、その時あの女性が一緒にいて家政婦だと知ったのは帰国直前の今日だったことを教えてくれた。そして祖父と母を会わせたいと、小川と雅実に頼んだことも。雅実が、愛と話してくれるようにリコには頼んだけれど、じっとしていられなくて小川に頼んで来てもらったそうだ。

後部座席に並んで座っている愛が、「間宮さん」と声をかけてくる。「あなたには、人に話をさせてしまうところがあるわね。一生懸命に聞こうとするし。わたしもつい、しゃべりすぎてしまった」そう口にしながら、彼女の向こうに座っているカノンの背中をゆっくりとさすっていた。

クルマが到着し、マンションの阿久津の部屋の前に四人が立つと、内側からドアが開いて雅実が迎えてくれた。

みんなでリビングに入っていくと、中央に置かれた応接セットのいつもの席に阿久津が座っていた。彼がこちらを眺め、驚いたように目を見開いている。

「小川、これはどういうことだ？　雅実さんも知っていたのか？」

リコは前に進み出て、「愛さんとカノンさんは、阿久津さんに会いにきたんです」と言う。

「グランパ！」

カノンが阿久津に駆け寄っていき、抱きついた。彼が座ったままで、片腕を孫娘の背中に回した。

「カノン……」

彼の声が震えている。その目からは涙があふれていた。

「お父さん」

愛がかすれた声で呼ぶ。阿久津が小さく頷き返していた。

「二年前、幸子のぎりぎりの決断に、私は反対しなかった。だが時間が経つにしたがい、自分の傲慢さに気づいて自己嫌悪に陥った」

阿久津が声を振り絞った。

愛とカノン、小川とリコというように並んでソファに座り、応接テーブルを囲んでいた。阿久津の向かいのひとり掛けの椅子に、お茶を用意し終えた雅実が腰を下ろす。

「幸子は気丈に振る舞っていた。だが、人の心はそれほど強くはない。ある時、こんな心の内をもらした。〝わたし、死ぬのが不安で怖いの〟と。それを聞いて私は、〝いつでも考え直していいんだ〟と言った。〝気持ちは変わるものだから〟と。すると、やはり幸子は最初の決心に戻っていった。〝わたしはもう充分に生きた。髪が抜け、身体がぼろぼろになるまで生きていたくない〟と。だが私は、やはり説得するべきだったんだ。治療を続ければ、少しでも長く生きられるんだと。そうすれば、愛やカノンと一緒に過ごせる時間が持てた」

その後まもなくして末期がんの苦痛が始まり、以前から申し込んであった緩和ケア病棟へ幸子は移った。新装間もない病棟は明るく清潔で家族宿泊施設も備え、まるでリゾートホテルのようだった。高層階の広々としたロビーからは、遠く奥多摩の山並みが見渡せる。ちょうど眼下の桜が満開で、とても死と隣り合わせの空間とは思えなかった。

余命は長くて二週間、と医師の宣告があった。幸子は、カウントダウンに入った余命を知りたがった。しかし、いくら本人が覚悟しているとはいえ、とても残酷で主治医の告知を伝えることはできない。阿久津が返事をはぐらかすので、勘のよい彼女はそれ以上深く訊いてはこなかった。

一般病棟とは違い、緩和ケア病棟では入院時に本人も家族も鎮痛剤の使用に同意している。そのため患者が痛みを訴えるとためらわず、その時の患者の体力を考慮した鎮痛剤を投与する。

モルヒネ系の鎮痛剤は効き目が速いが、命を縮めるのも速い。病棟を移って一週間もすると、穏やかに眠っている時間が多くなってきた。時々朦朧《もうろう》とした意識が恢復し、幸子はベッドの上で上体を起こそうとする。寝たきりの姿勢が苦しそうなので、背中をさすってやると、いかにも気持ちよさそうだ。

亡くなる前日、酸素吸入器を付けた幸子と半日ほどおだやかな時間を過ごせた。すっかり細くなった手を握りながらこんなやり取りをした。

「俺もすぐに行くからな」

そう言う阿久津に向けて、幸子が呟いた。

「嬉しい……」

そのひと言が、いつまでも阿久津の心の底に残っている。きっと彼女なりに、死後の世界での再会を信じていたのかもしれない。結局この会話が最後になり、二度と幸子の意識は戻らなかった。

「だから、お父さんは動脈瘤の手術を受けないの？」

と愛が言った。

阿久津が無言で娘を見返した。

「そんなの、お母さんは喜ばない！」

愛が激しく意見したが、阿久津はやはり黙ったままだった。

「わたしはね、お母さんを亡くしたことがただただ悲しかった。その喪失感で、お父さんに八つ当たりしていたの。末期がんだったお母さんと、お父さんの動脈瘤ではケースが違う。お願い、手術を受けて！」

それには応えず、阿久津が雅実に顔を向けた。

「そういうわけなんだ、雅実さん。最期を看取ってほしい」

すると、意外にも彼女が首を振った。

「家政婦はなんでも言うことを聞くわけではありません。たとえ旦那さまのおっしゃることでも、理不尽なご命令には従えません」

雅実がきっぱりと言い放った。

リコも口を揃える。

「あたしとしても、求人紹介した方が無理な命令を受けているのを見過ごすことはできません」

これって完全に職務の権限を越えているな、と考えながら。

阿久津が、「マンマミーアちゃんまで、そう来たか」と笑う。そして、再び雅実を見た。

「私が早く死んだほうが、特別賞与を手にすることができるんだぞ」

「働くというのは、おカネのためだけではありません。働くことで、わたしも救われたんです」

彼女の頬を涙が伝った。

阿久津が深くうなだれる。

「生きていてどうする？」彼の肩が震えていた。「俺だけが、のうのうと生きていてどうする？」

「グランパ」カノンが阿久津の膝の上で、彼の手を握った。「これからも、もっともっと会いたいよ」

「そうだな」うつむいたままで彼が言った。「そうだよな」肩を震わせながら繰り返した。

4

「で、阿久津さんは手術を受ける決心をしたわけだ」

と高垣が言い、「はい」とリコは応える。

ふたりは一階カウンターに座っていた。長期療養中の求人者の相談を受け、相手が帰ったところだった。

「おまえ、研修で部署を異動する中で、自分に合った仕事が見つかったか？」

「それって、希望すれば自分に合った部署に配属になるってことですか？」

「絶対とは言わないけど、チャコ所長なら聞いてくれるはずだ」

「へえ」リコは、自分ならどこを希望するだろうと考える。そのあとで、ふと気づく。

「じゃ、ガッキーさんは、研修中に有病者の方の職業相談が自分に一番合っていると思って、希望したわけですか？」

「合っているっていうよか、俺としては最もやりがいを感じたんだよな」

アズマではもともと病院への出張相談を行っていなかった。高垣は、それを一から構築してきたのだ。もっとラクな部署を希望することもできたはずなのに。そこもとは見かけによらず……。リコは彼の横顔に羨望の視線を送る。彼は自分の居場所をつかんだのだ。

「さ、戻るぞ」

高垣が言って、立ち上がる。

自分も早く、本当の居場所を見つけたい。リコはそう思いながら、彼のあとについて三階に引き返すために廊下に出ようとした。すると、すれ違うようにフロアに入る六十代半ば過ぎの男性があった。

「浅井さん」

思わず声をかける。

「あなた、この間の企業担当の方——確か〝マンマミーアちゃん〟と呼ばれていた」

「ええ」

リコが求人受理した派遣会社、ジョブシスターズに派遣登録した浅井だ。相変わらずスーツ姿で、白髪交じりの髪をきちんと七三分けにしている。先日、彼の担当をしたナビゲーターの真弓はと見ると、ほかの相談者に対応していた。

高垣が身振りで「先に行ってる」と伝え、リコは頷き返す。そうして浅井に向けて、

「あの、あたしでよろしければ、お話を伺います」と提案した。

「それがね、派遣先の仕事が合わないんで、ジョブシスターズに辞めたいと伝えたんです。ところが、辞めさせてもらえないんですよ」


区内の私鉄駅を出ると、外は街灯があるだけで新月の夜は真っ暗だった。荒川の土手下の駅の周りにはコンビニの一軒もない。一緒に電車から降りた乗客らは、駅前の左右にある自転車置き場の間の道を足早に抜けていった。

「マンマミーアちゃん」と声をかけられる。〔痴漢に注意！〕という看板の横に浅井が立っていた。スーツでビジネスバッグを提げている姿は、帰宅途中のサラリーマンにしか見えない。十月末の宵の空気は肌寒く感じられたが、この季節に合うコートを社会人一年生のリコは持っていなかった。

「仕事ってどんな感じですか？　単純な入力作業ということでしたよね？」

派遣先の株式会社オンリーワン化粧品への道すがら、リコは浅井に訊いてみる。

「あ、それ、嘘ですから」

「でもコーディネーターの女性から、〝化粧品にかかわるデータ入力及び軽作業〟って説明がありましたよ。化粧品会社だから女性が多いし、明るく楽しい職場だって」

浅井が派遣されている職場の実情を知ろうと、リコは自ら日雇い派遣として潜入することにしたのだ。これは、神林にも高垣にも伝えていない。しかし、久子が仕事の範疇を「どんどんはみ出してちょうだい」と言っているわけだし、所長の決裁が降りているようなものだ。

昨日、ジョブシスターズでリコの面接を担当したのは、アズマに求人申し込みをしに来たあのヤリ手風の女性だった。リコは正体がばれるかもとドキドキした。だが、眼鏡を掛け、髪をおかっぱにしたコーディネーターと称する四十代の女性は、こちらのことをまったく覚えていなかった。運転免許証で身分を証明したら、簡単に派遣登録が完了する。「公務員なのですが、終業後に働きたくて」とリコが言ったら、「最近そういう人、多いのよね。この前も、公務員だって人が来た。しかもカップルで」と眼鏡の奥でコーディネーターが笑った。「あなた、買い物でもしすぎちゃった？　まさか、ホストにハマってるとか？　ほどほどにしときなさいよ」。リコは区内で六時から働ける仕事を希望した。「できたら、明日からでも」と。すると思惑どおり、浅井が派遣されている職場を紹介されたのだった。浅井を辞めさせないようにしているくらいだ、きっと人手が不足しているのだろう。

　そうして今日、ここにやってきている。巨大な倉庫のような建物の前に、六十〜七十人ほどの男女がいた。五十代くらいの男性が中心だろうか。浅井と同じく六十代の男女もいる。中高年・シニアといった年齢層の人たちだ。集合時間は午後五時半。ハローワークの職員であるリコの勤務時間は、人事院規則が制定した午前八時半〜午後五時十五分。終業時刻とともにアズマを飛び出し、ぎりぎりで間に合った。ちなみに勤務開始の六時までの三十分間の時給は支給されない。

「さあ、中に入ったら、四階に行け！」

　作業帽に作業服姿の二十代の男性が、建物の入り口に立ち、大きな声で指示する。派遣労働者らは、ぞろぞろと建物内に入るとエレベーターをさがしていた。

「ンだよ！　また新入りかよ！　階段で上がるんだよ！　もたもたすんな！」

　たちまち男性が口汚くののしる。年配者たちは、自分よりも遥かに若い男に突然怒鳴られ縮み上がった。リコも。

「私のように、一ヵ月勤務する契約をした者ばかりではありません」と浅井がリコの耳もとでささやく。「日雇いで来る人たちは、二度と顔を出さない人も多いです。私も辞めたいとジョブシスターズのコーディネーターに伝えたのですが、契約違反のペナルティーを科すと言われました。嫌な思いをしながら働いた対価です。一円たりとも失いたくありません。だから契約期間をまっとうすることにしたんです」

「おい、私語厳禁だぞ！」

中に立っていた別の男性に怒鳴られる。

「屈辱的ですね」

リコの横にいた、浅井と同じくらいの年齢の男性がぼやく。

「おい、おまえ、よけいな口をきくなって言ってるだろ！」

作業服の男は木刀を持っていて、それをこちらに突きつけてきた。

「ひゃあ」

年配の男性は逃げるように足早に階段を上がっていった。

四階に到着すると、事務所で名前を申告する。事務服を着た、リコと年齢の変わらない女性が、それを聞いて書類にチェックしていく。

「間宮璃子です。ジョブシスターズから派遣されました」

すると事務の女性に上目遣いに睨まれた。

「名前だけ言やあ、いいんだよ！」いきなり乱暴な言葉をぶつけてくる。「それに、てめー、自分が派遣された会社もまともに覚えてねえのか？　バーカ。派遣を渡り歩いてっから間違えんだろ」

見下したようにさらに言い募る。この人たちは派遣労働者をいったいなんだと思ってるんだ⁉　そうして、彼女がチェックを入れた自分の名前の欄の派遣会社名を見て、さらに驚く。ほかの社名が記載されていたのだ。〔パワースタッフィング〕ってなに？　腑《ふ》に落ちぬ……。

事務の女性が顎で示した先に、作業服と作業帽があった。さっき男性たちが着ていたのと同じものだ。

「大きめにできてるから、マンマミーアちゃんならSサイズでいい」

浅井が素早く教えてくれる。

「うるせーんだよ、ジジイ」すぐに女性事務員から罵声が飛ぶ。そして、今度はリコに向かって、「さっさと奥で着替えろ」と指示する。

〔男性用〕〔女性用〕とプレートの付いた事務所奥にあるドアを引くと、そこは更衣室でロッカーが並んでいた。さすがに更衣室は男女別ってことか、と胸を撫で下ろす。すでに数人の女性たちが着替えを始めている。年齢層が高い中に、ひとりだけ二十五～六歳くらいの女性が混じっていた。小柄で、ボブの髪を無造作に後ろで結んでいる。意志の強そうな顔だが、丸い目に愛嬌があった。待てよ、どこかで見た覚えがある顔だぞ、とリコは思う。彼女のほうは躊躇なくデニムのジャケットを脱ぐと、着替え始めた。

四階から再び階段で一階に下りる。作業場の入り口はクリーンルームになっていた。指示役の男から黒光りする木刀で追い立てられ、十人ずつが六平方メートルほどのスペースに閉じ込められる。そこで叩きつけるような強風にさらされながら、リコはかつてテレビで偶然目にした、ナチスの強制収容所のモノクロ映像を思い出していた。あまりの悲惨さに、すぐにほかの局に替えたのだけれど。

ジリリーーン！　けたたましくベルが鳴る。午後六時ちょうど、作業開始の合図だった。

作業場は学校体育館ほどの広さで、長いベルトコンベアが走っている。そこを流れてくる化粧品の容器を小箱に入れ、さらにそれを段ボール箱に詰めていくのが仕事だ。リコの隣で、スーツから作業服に着替えた浅井が黙々と手を動かしている。

リコも浅井の真似をする。

単純作業とはいえ、特に説明もない。

〝化粧品にかかわるデータ入力〟ではなかった。これは〝及び軽作業〟のほうってことか。確かに化粧品を扱ってはいるわな、とリコは自虐的に考える。さっき、更衣室で見かけた若い女性は、彼女よりひとつかふたつ齢上といった感じの男性と並んで作業していた。その男性が、作業場に入る前に帽子をかぶり直しているところを見かけたら、小ジャレたツーブロックというヘアスタイルで、そこそこイケメンである。ファーストインプレッションはチャラ男といった印象だが、カップルだろうか？　かつて人材派遣会社に勤めていたナビゲーターの真弓から、派遣業界では恋人同士の労働者をよく目にしたと聞いた。本当に籍を入れている夫婦もいれば、婚約中と言っている人もいたと。なかには同棲する目的で派遣業界に入ってくるカップルもいたそうだ。ジョブシスターズのコーディネーターも、公務員カップルが派遣登録に来たって言ってたっけ。

軽作業とはいえ、ずっと中腰の同じ姿勢でいるのはきつかった。先ほど「屈辱的ですね」とぼやき指示役から木刀で脅されていた年配の男性が、ベルトコンベアーを挟んで浅井の向かい側にいる。彼が腰を折り曲げた姿勢で、必死にこらえていた。

「腰痛ですか？」

と浅井が訊いたら、「ええ……」と苦しげに応える。

「腰を伸ばしたいのですけれど……」

「およしなさい。ヘタしたら木刀で殴られかねない」

男性はそれ以上なにも言わなくなり、真っ蒼《さお》な顔で仕事を続けていた。

五時間の勤務中、二時間半が経つと十五分のトイレ休憩がある。休憩のベルが鳴るやいなや、男性はほっとしたように腰を伸ばしていた。

休憩後、再び作業が始まった。全員無言の作業が続く中で、「おらおら！」とか、「手が遅いぞ！」といったあおるような見張り役の男の声が響く。男は時々、退屈しのぎのように持っている木刀を床に打ちつけた。バシーン！　鋭い音が轟き渡ると、作業者は怯えて肩をすくめる。すると男は面白そうに、にやにや笑いを浮かべていた。人気タレントをアンバサダーに、テレビでコマーシャルを流しているオンリーワン化粧品の作業現場のこれが実態か！

リコの斜め前にいるあの若い女性が、癇《かん》に障《さわ》ったように木刀男を睨みつける。それに気がついた男のほうも、「なんだおまえ」と低い声とともに彼女にガンを飛ばす。しかし、女性は堂々とメンチを切っていた。もしかして、見かけによらずヤンキー？　だが、彼女の隣にいるチャラ男が、やめとけというように目配せする。それで、彼女は視線をすっと手もとに戻し、作業を続けた。木刀男は、女性の気合いに圧倒されたようで、「けっ」と吐き捨てるとその後は静かになった。

作業を終え、着替えを済ませた人々は急ぎ足で駅へと向かう。十一時半近くで、人によってはこの先の乗り継ぎで終電の関係もある。

驚いたことに、帰り道で何人かの話を聞いて、リピーターも少数ながらいると分かった。夕方五時半集合、六時作業開始ならば、昼間に別の仕事を持っている人でもなんとか間に合う。

腰痛オジサンは、今後も仕事を続けるという。

「乱暴な言葉で指図されるくらいならね」

「木刀で脅されてもですか？」

とリコは反発する。

「家にいたって、おカネになりませんから」と寂しげに笑った。

再びスーツ姿に戻った浅井が、元メーカー社員らしくこんな話をする。

「単純作業だから産業ロボットに置き換えられないかとも思うんですが、調べてみると、化粧品は新製品のサイクルが早くて、そのたびに容器の形状が変わるんだそうです。だから機械化が追いつかない。それなら、簡単に調達できる時給の安い中高年をこき使ったほうが安上がりということなんでしょう」

「なるほど」

とリコは呟く。人材派遣会社とクライアント企業が低賃金と効率化をキーワードに編み出したスキームということか。あ、人材派遣会社っていえば——とリコは思い出して、浅井に訊いてみる。

「事務所の名簿で、あたしの派遣会社名の欄がジョブシスターズでなく、パワースタッフィングになってました。浅井さんはいかがです？」

「さあ、どうだったかなあ……？」

と彼が返す。

「私は、パワースタッフィングから派遣されてきてます」

腰痛オジサンがそういうのを聞き、リコは確信を強めた。

「ちょ、待……」高垣がひどく慌てていた。「俺が同行するんですか⁉」

「ああ」と神林が頷く。「マンマミーア君だけで行かせるのは心もとないしな」

これとそっくりなやり取り、以前にもあった気がする。そう、特例非公開求人の面接のため、雅実に同行することになった時だ。

アズマに出勤すると、昨夜の日雇い派遣の一件を神林に報告した。「なんでそんな勝手なことをしたんだ！」と憤る神林に、さらにリコは、「これからジョブシスターズに行こうと思うんです」と伝えたのだった。

「なあマンマミーア君、まずは報告してから動いてくれ。危険じゃないか」

「すみません」

と頭を下げてはみたが、自分の中には求職者に事業所を紹介するだけでよいのだろうか？　という疑問が渦巻いている。紹介した事業所が、本当にきちんとしたところなのかどうかを把握する必要があるのではないか。

高垣とともにジョブシスターズに赴く。所管する錦糸町《きんしちょう》の繁華街の裏道にある、古い雑居ビルの二階が事務所だ。

「浅井さんの派遣先を変えてあげてください」

　とリコは訴えた。

「なんですか突然?」と例の眼鏡でおかっぱのコーディネーターが言う。「間宮さんていいましたね。あなたはいったいなんなんですか?」

「ハローワーク吾妻の者です」

　そう名乗っても、彼女はリコが求人を受け付けた職員であるのを思い出せないらしかった。

　ジョブシスターズの事務所はカウンターに囲まれていて、中で七〜八人のスタッフが席に着きパソコン作業をしていたり、電話で話したりしている。コーディネーターとリコはカウンター越しに、向き合って立っていた。

「オンリーワン化粧品に一ヵ月派遣になった浅井さんは、あまりの職場環境の悪さから辞めたいと貴社に伝えた。すると、契約違反のペナルティーを科すと言ったそうですね」

　隣にいる高垣が、「派遣労働者は派遣会社に雇用されている労働者です。基本的に違約金や罰金が禁止されているのは、一般労働者と同じです。労働基準法第16条に〈使用者は、労働契約の不履行について違約金を定め、又は損害賠償額を予定する契約をしてはならない。」と〈賠償予定の禁止〉を定めています」と援護射撃してくれる。

カウンターの向こうで、おかっぱコーディネーターが押し黙った。

「それに」とリコは彼女を真っ直ぐに見据える。「ジョブシスターズさんは、二重派遣を行っていますよね」

リコの言葉に、「あわわ……」コーディネーターが唇を震わせた。

「あたしはジョブシスターズさんと雇用契約を結び、職場に派遣されました。ところが、あたしは知らぬ間にパワースタッフィングという派遣会社に派遣され、そこからオンリーワン化粧品に派遣されていたんです」

二重派遣は、派遣会社に手数料を二重で取られたり、労働者の雇用に対する責任が不明確なため労働条件が守られないなど、派遣スタッフにとって不利益が出る場合がある。もちろん違法行為だ。かかわったすべての企業が罰則対象となる。今回だと、ジョブシスターズ、パワースタッフィング、オンリーワン化粧品が対象である。

「違法だっていうんなら、あなただってそうでしょ！　公務員の副業は禁じられてるはずよ！」

ほとんど断末魔の絶叫である。

リコが反論しようとした時だった、ドアが勢いよく開くと、スーツ姿の人々がどかどかと踏み込んできた。

「最低賃金法違反の容疑で、今から捜索差し押さえを行いま～す」

内容の重大さのわりにはユルいもの言いだった。見やると、昨日のツーブロックのチャラ男が、「これ、令状っス」とA４の紙をぺろんと掲げている。

「吾妻労働基準監督署です！」

チャラ男の隣で、〔労働基準監督官　厚生労働省〕という金文字が箔押《はくお》しされた黒革の手帳を水戸黄門の印籠《いんろう》みたく突き出しているのは、昨夜やはりオンリーワン化粧品の作業場にいた小柄な女性だった。見張り役の木刀男にメンチ切っていた彼女だ。

彼女の丸い目と、リコの視線が一瞬だけ絡む。

――あのふたり、労働基準監督官だったんだ！　じゃ、ジョブシスターズに派遣登録した公務員カップルって……。

「動かないで！　はい、みんな動かないで！」

四十代半ばといった年齢のわりに髪が黒々として、それが癖っ毛で渦を巻いている男性監督官が声を上げる。

しかしおかっぱコーディネーターは彼の指示を無視して、「社長!!」と絶叫しながら事務所の奥へと突進していく。ドアをあけて中に入ると、しばらくして眼鏡を掛けているおかっぱ頭の女性と一緒に出てきた。ふたりともそっくりだった。

——ジョブシスターズって、社長とコーディネーターは姉妹なんだ! そうして、アズマに求人の申し込みにやってきたのは社長であったことに気づく。コーディネーターはリコのことを忘れていたんじゃない、派遣登録に来た時が初対面だったんだ。

癖っ毛の中年監督官は眉毛も太く濃い。その下にあるぎょろりとした目が、高垣とリコを捉えた。

「お宅らはなに?」

と訊かれ、「ハローワーク吾妻の者です」と高垣が応える。

「安定所? なんだ身内か」

労働基準監督署もハローワークも、同じく労働局が統括する。

彼らの背後から、〈東京労働局〉と名入れされた折りたたんだ段ボール箱を抱えた男たちが次々に入ってきた。

　チャコ所長が腕を組んで、こちらを見ている。

「派遣社員への時給は千五十円で、東京都の最低賃金を上回ってはいるんだけど、そこから派遣会社が業務管理費と称する不当なピンハネを行っていたので、実質的に最低賃金以下の時給になった。さらに夜の十時以降は賃金に深夜割増を加算しなければならないのに、それも行っていなかったのだからかなり悪質よね。それに、交通費が支給されないことは、あらかじめ伝えられていたみたいだけど、作業服のクリーニング代が給料から差し引かれることは知らされていなかった」

　リコはアズマの所長室で、久子と打ち合わせテーブル越しに向き合っていた。久子の背後には、彼女の執務机がある。

「吾妻労働基準監督署の監督官がふたりジョブシスターズに派遣登録し、オンリーワン化粧品に潜入して内偵を進めていたみたい。あなたと同じようにね」

　潜入――忍びの者という言葉が浮かび、リコはにんまりしてしまう。

「笑いごとじゃないのよ」

「すみません」

久子がため息をついた。そうして、組んでいた腕を解く。

「マンマミーアちゃんのおかげで、ジョブシスターズとパワースタッフィングの間で二重派遣が行われていることも分かって、監督署は感謝してた。人材派遣会社は、クライアント企業に労働者を当てはめていくスピードが勝負でしょ。クライアントの求めに応じて派遣できる人数をとりあえず通告しておいて、足りない時は人の貸し借りをしていたようね。さっそくパワースタッフィングにもガサ入れするそうよ」

小太りで丸眼鏡をかけた、近所のオバチャン然とした久子と、彼女が口にした〝ガサ入れ〟という言葉の物々しさとのギャップがおかしくて、くすりとしそうになる。それを慌てて呑み込んだ。

再び久子が言葉のトーンを少しだけ引き締める。

「わたしは確かに、あなたに向かって〝仕事の範疇はここまで、などと区切りをつけたりしないで。どんどんはみ出してちょうだい〟と言った。だけど今度のようなむちゃは、もう絶対にしないでね」

「トーカツからも危険だと言われました」

「危険だということもあるけれど、あなたはそもそも仕事をはみ出すという意味が分か

〝仕事をはみ出すという意味が分かっていない〟――それって、どういうこと？　気になっていない」

「あたし、仕事を紹介した人が、職場で安心して働けているかがどうしても気になって……」

久子が頷いていた。

「アズマに来る前、わたしは港区のハローワークで所長をしていたの。その当時は、所長会の会長という任に就いてはいなかったから、現場に出る時間も少しはあった。職業相談も行っていたの」

「チャコ所長自らですか？」

驚いているリコに向けて、久子が再び頷く。

「その時にね、元ＣＡだという女性が相談に来た。わたしは事務能力を現場で身につけられたらと、パート勤務を勧めたの」

関根理沙だ！　とリコは直感した。それじゃあ、彼女を担当したベテランの女性相談員とは、久子だったんだ。

久子が話を続ける。

「その女性が再びハローワークにやってきた時、次の段階に進みたがっているのを感じた。顔に自信が現れていたから」

求職者がどのように動きたがっているのか、それを知ったうえで相手に寄り添う。それがあたしたちの仕事。

「わたしは彼女に、正社員の求人を勧めた。その結果を知ることなく。わたしは、アズマに異動になった。アズマに来て間もなくは所長会の仕事に忙殺されることもなく、以前どおり窓口業務も行えていた。そこで紹介したパートの職場で、陰湿ないじめにさらされたことを仕事に就いた方が訴えてきた。あのCAだった女性が勤務した住宅会社よ」

「関根理沙さん」

とリコは言う。久子が驚いていた。

「あなた、関根さんを知っているの？」

「チャコ所長が紹介した会社で、関根さんは正社員として人事担当をしています。アズマに求人の申し込みにいらしたんです」

「そうだったの」久子が感慨深げな表情をした。「おそらく関根さんもパート勤務していた時、いじめに遭っていたはずよね？」

「彼女からそう聞きました」

「わたしはなにも知らなかった」

「関根さんは、いじめに耐えて仕事のスキルを上げたと」

久子が小さく首を振った。

「悪いことをしたわ」

「関根さんは、チャコ所長に感謝していました」

久子がまた首を振っていた。

「職場にいじめがあることを知ってから、事業所の求人担当者に是正するよう訴えた。でも、求人担当者はそうした職場環境に無関心だった。もしかしたら、自分の仕事ではないと考えたのかもしれない。そこで、この事業所からの求人はお断りすることにした」

そうだったんだ。

「以後、アズマでは新人職員にはすべての部署を回って研修してもらうことにしたの。ひとつの部署だと気づけなくても、ほかからなら見えてくるものもあるでしょ」

それが研修の理由――。

「ハローワーク職員の採用で、マンマミーアちゃんを面接したのはわたし。その際に、志望動機を訊いたら、あなたは〝雇用と失職の間で揺れている人たちのために汗を流したいからです〟って応えた」

いかにも紋切り型の回答で、リコは顔が赤くなる。

「ねえ、この際だから、あなたが志望した本当の理由を話してみない?」

リコは黙ったままでうつむいていた。

「じゃ、わたしの話をしましょうか」久子がそんなことを言う。「わたしが高校を出て会社に就職した頃は、女性は結婚すると会社を辞めなければならない時代だった。結婚しなくても、二十五歳になると職場にいづらくなる。わたし、器量もよくないし、ずっと独身ということもあるなって考えたの。公務員であれば仕事を続けられると思った。だから二十歳で会社を辞めて、国家公務員Ⅲ種試験を受けた。一般事務や窓口業務を行う地域密着の初級職員で、職務上、一般市民とふれ合う機会が多いというのがⅢ種を選んだ動機」

へえ、とリコは思う。いつの間にか顔を上げていた。

「筆記試験には受かったんだけど、外務省の面接を受けたら、〝身内の方が省内にいますか？〟といった質問を受けたりして相手にされなかった。それでね、職業安定所を受けてみようと思ったの」

「どうしてですか？」

久子がそっとほほ笑む。

「勤めていた会社を辞めて失業給付をもらいに職業安定所に行った時にはね、〝就職活動もしてないで、カネだけもらいに来るな！〟って、窓口のおっかない男性に叱られた」

「え、そんなひどいこと言われたんですか？」

「あの当時はそんなものよ。わたしにしても、嫌なとこだなというイメージがあった。それでも、仕事を探してくれる役所なんだから、入れてくれるのではないかとも思ったの」

それを聞いて、リコも今度こそ笑みをこぼした。

「夜にね、家でテレビを観ていたら電話がかかってきた。母が何度か相手の名前を確認しているから、なんだろう？　って思ってた。そしたら〝東京都労働経済局人事第二係から電話だよ〟と。その当時は、都と国が協力した東京都労働経済局が安定所を統括していたの。ほっとした反面、職安に勤めることは友だちには言いたくなかったな、カッコ悪くて。給料も会社に勤めていた頃より下がっちゃったし」

　そこで、久子が自分の薬指の指輪を見せる。

「ちなみにね、結婚はしました。ふたりの娘も嫁に出したしね」

　彼女の話を聞いているうちに、リコも打ち明けてみる気になった。

「あたしの両親は学生結婚でした」

「へえ」

　と久子が興味を持った顔になる。

「母は十九歳であたしを産んだんです。それで大学をやめました」

　父と母は、甘いお菓子を両端からぱりぱり食べるように恋を味わっていた。ふたりは父方の実家で暮らした。

「あたし、下町の生まれなんです。この近くといえば、そうなります」

　祖父の家は蔵前《くらまえ》にあった。アズマからは、隅田川を挟んで浅草の隣に位置する。父が大学を卒業すると、祖父が経営する玩具問屋で働いた。自宅を兼ねる店舗だ。祖父がひとりで切り盛りしていて、扱うのは露店で売っているようなプラスチック製の刀やちょんまげのかつら、手裏剣《しゆりけん》、お面などだった。父が仕事をひと通り覚えた頃、祖父が急逝した。

「あたしが小学校二年生の時、祖父に続いて父が他界しました」

久子が沈痛な面持ちになる。

「すぐに帰るよ。そしたら、またチャンバラしよう」父がその言葉を小学二年生のリコにかけたのは、病気が分かって入院した日だった。父はリコを悲しませないように、明るく告げた。けれど一週間後に父は白血病で亡くなった。

「母は二十七歳で未亡人になったんです」

母も祖母も、商売のことが分からなかった。なにより、店で扱っているようなおもちゃは需要が減り、経営は厳しかった。少子化がそれを加速させていた。祖母と母は、店を閉めることを決めた。

「父の死から二年経たずに、母は再婚したんです。信じられなかった。母は、自分に経済力がなかったがために結婚したと、あたしは考えています。まあ、母が再婚したおかげで、あたしも大学に進学できたわけなんですけど……」

久子は静かに聞いてくれていた。

「あたしには、ひと回り齢の違う弟がいます。母と新しい父との間に生まれた弟です。そう、母は新しい家族をつくったんだって思いました」

リコは中学生になると、自室にこもって時代劇というファンタジーの世界に逃げ込むようになった。

「あたしは大学に入ると、ひとり暮らしを始めました。安定していて、ずっと働ける仕事という観点から国家公務員を志望したんです」

「志望する動機がなんだろうと構わない、わたしはそう思ってる」久子が言った。「大事なのは、どう働くかだと思うの」

「どう働くか――」

久子が静かに頷く。

「英語のcallingには、天職という意味があるの。誰からcalling《呼ばれる》かというと、神さまかららしい。でも、わたしは、仕事のほうがふさわしい人を呼んでいる気がする。ハローワークは、その手伝いをするところなの」そこまで言ってから彼女が真っ直ぐにリコを見る。「一方でこうも思う。仕事は降ってくるものではない。結局、その仕事を天職とするかどうかは、自分次第なのだって」

「新米のあたしが言うのはなんですが、ハローワークは天職とは無縁の場所という感じがします」

久子がこちらを見やる。

「それを言うなら、求人サイトにならあるの？」

「えっと……」

リコはなにも返せない。

「そもそもどこに行っても天職なんて見つからないのかもしれない」そこで、久子がほんのりとほほ笑む。「天職は見つけるものではなく、自分で、その仕事を天職にするものなの」

自分で天職にする――リコは、心の中でその言葉をゆっくりと繰り返していた。

5

昼休み、リコはスカイツリーを背に吾妻橋を歩いて隅田川を渡り、浅草に来た。そう、小学校四年生の途中まで、リコはこのあたりで育ったのだ。以後は、新しい父が購入した江戸川区の建売住宅に引っ越した。

　リコは古い蕎麦《そば》屋の暖簾をくぐる。老舗とかいう雰囲気ではなく、フツーに古い。看板が掲げられていないし、白木綿《しろもめん》の暖簾にも店名がない。木と白壁のすっきりとした内装で、照明は明るくなかった。けれど、どこもかしこもぴかぴかに磨き立てられているのが分かる。着流しの鬼平が酒でも酌《く》んでいそうな、シブい店だ。雷門近くの裏通りにあるお気に入りの蕎麦屋で、リコはひとりで時々やってくる。四人掛けの木の机が五つ。そのいずれの席も埋まっていて、みんなが黙々と蕎麦を啜っている。客層は老若男女さまざまである。何人かで連れ立ってきている客もあるようだが、会話している者はいない。蕎麦を待っている人もスマホをいじったりしていなかった。一心にただ待っている。リコも盛りを待っていると、斜め向かいに見知った顔があった。意志が強そうなのに、丸い目に愛嬌を宿したあの顔。

「あ！」と上げそうになった声を抑える。相手の女性が、唇の前に人差し指を立て、「しっ」という表情をしていたからだ。リコと彼女の前にほぼ同時に盛りがやってきて、ふたりは黙々と蕎麦を啜った。そして同時に食べ終えると、店を出た。

「ああいうお店って、さっと食べて、さっと席を立つものでしょ」と彼女が言った。「お客の誰もがそれを心がけているから、昼休みの時間は盛りか、掛けしか注文しない。だから、おいしいし値段も良心的なのに、回転がいいから行列ができない」

彼女はそう言うと、「吾妻労働基準監督署第一方面《ほうめん》の清野清乃《せいのきよの》です」と名乗った。

「ハローワーク吾妻の間宮璃子です」

リコが自己紹介すると、「知ってます」とキヨノが返してきた。「ハローワークの丸山所長が、あなたのことを〝マンマミーアちゃん〟と」

オンリーワン化粧品でキヨノに会った際、どこかで見た顔だと思った。そうだったか、さっきの蕎麦屋でたまに行き合っていたんだ。キヨノはひとりだったり、昭和チックな言い方だとロマンスグレーのオジサマと一緒だったりした。

吾妻橋を墨田区側に、キヨノとリコは並んで引き返していた。吾妻橋を頂点に、監督署とアズマは正三角形を描く位置にある。十一月に入って、川風が冷たくなっていた。

「丸山所長から聞いてると思うけど、マンマミーアちゃんのおかげで二重派遣がつかめました」

「そんな。調べが進めば、そのうち行き着いたことだと思います」

リコは謙遜する。

「でも手間が省けたのは確か。だからお返しに、所管の事業場について情報提供しますね」

ハローワークでは〝事業所〟だが、監督署では〝事業場〟というんだなとリコは思う。

キヨノが橋の上で立ち止まり、こちらを見た。

「実は——」

「面接票を見せろですって? なんですか突然やってきて不躾《ぶしつけ》な!」

五十代の小太りの総務部長が、非難するような目を向けてきた。

「確かに不躾かもしれませんな」と神林が悠然と返す。「しかし突然伺わないと、書類を改ざんするおそれがありますので」

「なんですと!」人事部長が興奮してがなる。「あなた、いよいよもって失礼じゃないか!」

神林とリコは、荒川沿いにある大手菓子メーカーの工場に来ていた。キヨノから得た情報を伝えたところ、神林が自分も同行しようと言ったのだ。すべては、相手側のこうした反応を見越してのことである。

応接室を出ていった人事部長が、面接票を持って戻ってきた。

「バイト採用面接の際、事前に記入してもらっている」

Ａ４の用紙を一枚、テーブルの上で滑らせるように寄越す。そして、神林のほうをじろりと見た。

「こんな無礼をして、あとで本社に連絡するぞ。そしてお宅の組織の上に、正式に抗議を申し入れてやる」

神林は涼しい顔で無言のまま面接票を取り上げると、目を通していた。そして、それをリコにも見せると、やはり無言のままいくつかの項目を指さす。リコは神林に視線を向けると頷いた。

人事部長は、なんだろう？　という表情になる。

今度はリコが質問した。

「この面接票は、いつから使用していますか？」

「もう十年以上前から使ってるが、なにか？」

それに対して、リコはなおも質問で返す。

「体重やウエストのサイズ、病歴などの個人情報を質問するのはなぜですか？」

「なぜって、作業服をあつらえるためじゃないか」

「貴社工場の作業服は、アルバイト従業員ひとりひとりにカスタムメードするんですか？」

「バカな、そんなはずないだろう！　S、M、Lから選んでもらってる！」

慌てたようにそう応えた。

「女性の場合はスリーサイズも訊いてますよね。これ、本当に必要あります？」

人事部長が押し黙る。

「病歴を訊くのは？」

「それは……それは、安全で健康に働いてもらうために、既往歴について訊いているんだ」

「既往歴のある方は採用しないとか？」

「そんなわけあるはずないだろう！」

「いずれにせよ、これらのことを選考時に確認するのは問題があります」

人事部長は言葉に窮している。

そこで神林が口を開いた。

「職業安定法では、業務目的の達成に必要な範囲でのみ、個人情報の収集を認めています。この面接票は、職業安定法に抵触するおそれがあります」

人事部長が、がくりと肩を落とした。

なおも神林が告げる。

「先ほど部長は、本社に連絡するとおっしゃっていましたね。本社のほうには、わたしから連絡しておきましょう。行政指導のためにね」

神林とリコは工場をあとにし、荒川土手を歩いていた。

「監督官の清野さんが、〝労働基準法に則ってゼカンを切るのがあたしたちで、採用面接となると手が出せない〟と言って、この情報をくれました」

ゼカンとは是正勧告だと神林が教えてくれる。

「マンマミーア君、自分の仕事の範疇はここまでなどと区切りを付けないのはいい。しかし、正しい認識が必要だ」

「〝仕事をはみ出すという意味が分かっていない〟と、チャコ所長からも言われました」

神林が頷く。

「きみは、〝就職さえしてしまえば、アズマで紹介した人がどうなってもいいんですか!?〟と言っていたね」

あの時は、ついむきになってしまったと顔が赤くなる。神林は、腕組みして考え込んでしまったっけ。

「確かに、就職した人たちがどうなってもいいはずがない。しかし、我々にしてみれば手を出せない領域なんだ。清野監督官が、職業安定法の壁に阻まれたのと逆の立場になる。就職した人たちは、労働基準法や男女雇用機会均等法によって守られる。ハローワークが行うのは、職業安定法に基づき求職者を守ることなんだ」

「求職者を守るのが、あたしたちの仕事」

晩秋の川風が、リコの髪を揺らす。キヨノと話したのは隅田川の橋の上だった。今は、こうして神林と荒川沿いにいる。川の風景が、東京の下町である。

「そうだ。だからといって、就職すればあとは知らんとは、もちろんいっていない。就職先の事業所に問題があれば、以後の求人は受け付けない。どうだね、理解してもらえたかな?」

「はい。よく分かりました」

神林が再び頷いた。

「では、できること、できないことを知ったうえで、なおかつ仕事をはみ出すように」ふたりで笑い合う。あたしは、よい上司に恵まれたのかもしれない。すると、もうひとつ気になっている言葉について、神林にも訊いてみたくなった。

「トーカツは、天職についてどんな考えをお持ちですか？」

「チャコ所長は、なんと？」

「〝天職は見つけるものではなく、自分で、その仕事を天職にするもの〟だと」

「私も同感だな」と夕焼けが滲んだ空を仰ぐ。「私は、理工系の大学を卒業したあと、プータローだった」

「プータロー、ですか？」

リコの耳にしたことのない言葉だった。

「まあ、今でいうところのフリーターだな。定職に就かずアルバイトをして、少しまとまったカネができると海外を放浪する。そんな生活をしていたんだ」

物堅い神林にそぐわない若き日の姿だった。なんとなく阿久津を思い起こさせた。もっとも阿久津の場合、放浪していたのではなく仕事で海外を飛び回っていたのだが。

「そうした暮らしぶりを二十代半ばまで続けていたせいで、まともな就職口がない。バブルの頃で、公務員なら試験で名前を書けば入省できた。その結果、ハローワークに拾ってもらったんだ」

「また、そんな」

自分の周りは、ハローワークに拾ってもらったと称する職員ばかりだ。

「まあ、〝試験で名前を書けば入省できた〟は、だいぶ盛っているがね」

と笑う。そこで再び神林が空を見上げた。夕焼けの色がだいぶ濃くなっている。

「最初はなにげなく始めた仕事だった。しかし、入ってから面白く感じたよ、この仕事が。そして、どんどん一生懸命になっていった。口幅《くちはば》ったいが、私も自分で、この仕事を天職にしてしまったのさ」

指導後、菓子メーカー本社が全国の営業拠点や工場三十ヵ所について聞き取りを行ったところ、問題のある面接票を使用しているのはアズマ所管の工場だけだった。同工場は面接票を廃止した。本社広報部は「不快な思いをする方もおり、配慮不足だった」という声明を出している。

6

リコが二階の求人受理窓口にいると、小学校五〜六年の子どもたち二十人ほどが現れた。

「ここは、働いてくれる人を募集したい会社の人がやってきて、その申し込みをするところです」

高垣が子どもたちに向けて説明している。

そういえば朝礼で神林が、千葉県の小学校が社会科見学に来ると言っていた。東京スカイツリーとすみだ水族館を回り、最後にここに来るコースだという。午後なら、ハローワークも来客が少ない。

「皆さんが学校を卒業したあとには、働く生活が待っています。そして働くことで、給料を得ることができます。その給料を使って生活し、旅行に行ったり、ゲームや本など好きなものを買ったりします。また、働くことを通して新しいことにチャレンジし、今までできなかったことができるようになったり、理解できることが増えていきます」高垣が、生徒たちを廊下のほうへと再び導く。「さあ、続いて三階に向かいます」

彼のあとについていこうとする生徒たちの中で、男の子がひとりリコのほうを笑顔で見ていた。

――ダイちゃん！

大地《だいち》。自分の弟だった。リコが大学に入学すると同時に、親と弟は千葉の館山に引っ越した。引っ越し先には一度も行っていない。大地と会うのは何年振りだろう？　こんなに変わるんだ、とリコは思う。そうだよな、最後に会った時、ダイちゃんは小学校に入ったばかりだった。おかしな話だけれど、それでも大地は姉のことを覚えていてくれたらしい。

彼がこちらに向けて手を振ってみせた。リコも胸もとで小さく手を振り返す。大地が笑顔のまま廊下に出て行った。

その日の夕方、リコのスマートフォンに着信があった。母のケイタイの番号だった。終業時間後で、リコは庶務課の自分の席から離れる。

「もしもし」

「もう役所は終わってるんでしょ？」

母が明るい声で言う。

「窓口が閉まったって、仕事は終わりじゃないから」

まったくこれだから勤めたことのない人は……とリコは思う。

「公務員なのに、こんな時間まで働いてるのね。もう七時近いじゃない」

「なんの用？」

とリコはいかにも面倒臭そうに訊く。

「〝今日、お姉ちゃんの仕事してるところに行った〟ってダイちゃんが」

「うん。社会科見学だったみたいだね」

「〝お姉ちゃん、カッコよかった〟ってさ」

「窓口に座ってただけなのに」

「働いてる人は、みんなカッコいいのよ」

母がそう言う背後から、「カッコいい！　カッコいい！」という大地の声がしていた。

「お母さんも、リコちゃんの働いてる姿が見てみたい。今度、こっそり覗きにいこうかな」

「ちょっと、よしてよね、絶対」

母が笑っていた。

「今度のお正月は、こっちに来るでしょ？」

「うん、考えとく」

「お父さんも待ってるよ」

「あ、よろしく伝えといて」

蔵前は、おもちゃメーカーや問屋の集まる街だった。その中には、ゲームセンターやテーマパークなどアミューズメント事業を運営する企業もあった。その会社の間宮という社員が、店を閉める決心をした祖母と母のもとを訪れた。アミューズメント事業には、不動産部門がある。そこに所属する間宮氏は、営業所にしたいので土地を譲ってもらえないかと交渉に来たのだ。それが母と、リコの新しい父との出会いだった。間宮氏は誠実で優しい男性だった。彼が折衝《せっしょう》役になってくれたおかげで、祖母にはその後の暮らし向きに困らない入金があった。

リコが大学に入学すると、間宮氏は会社を辞めた。そして東京の家を引き払い、母と大地とともに館山に移り住んだ。母が花農家をやってみたいと言い出したからだ。母には、そんな夢があったのだ。そうして間宮氏は、母の無謀な夢をかなえようとする愛情深いチャレンジャーでもあった。

「ねえリコちゃん、いつでも遊びにきてね。ここは、あなたの実家なんだから」

「分かってる」

かつて母を、夢のない人だと感じていた。だがその母は、新しい仕事について長年にわたって準備していたのだった。主婦として自分たちを育てながら。

電話を切ったあとで、「働いてる人は、みんなカッコいいのよ」という母の無邪気な言葉を反芻《はんすう》していた。


「この間はすみませんでした」

ナツミは、ひとりでアズマにやってきた。母親に伴われることなく。一階のカウンター越しに、高垣とリコは彼女と向き合っていた。

「大腸がんの手術はうまくいったんだけど、その後の検診で先生から〝思ったよりリンパに広がっていた〟って聞かされて。どうせ転移して、死んじゃうんだって」

それに対してリコが口を開こうとすると、ナツミが首を振る。

「人から自分がかわいそうに見られるのが嫌なんて言いながら、自分で自分を一番かわいそうに思っていたんです」

そこでナツミが、しっかりとリコを見つめる。

「だけど今、こうして生かされているというのは意味があるって思い直した。それは病院で会った、あの栄養士さんのおかげ」

茜の言葉は、ナツミの中に確かに残ったのだ。高垣とリコは視線を交わし、頷き合った。

「あたしも、こうして生かしてもらった恩返しがしたいと思うようになったんです。それで、医療事務の仕事に就きたいと」

「それなら」と高垣が口を開く。「ハローワークの求職者支援訓練施設で学ぶことができますよ」

「ほんとですか？」

高垣が頷き返す。

「ゼロからスタートの方でも、短期間で資格取得を目指せます。ちなみに自己負担額は教科書代だけです」

彼女がリコのほうに顔を向ける。

「以前、あたしの強みはなにか？　って訊きましたよね。あたし、学生時代にデパ地下の和菓子屋さんで接客のアルバイトをしていました。人と接するのが好きなんです」

「そうでしたね」

とリコは応えた。

ナツミが頷き返す。彼女の瞳は輝いていた。

「医療事務は、事務職とはいえ仕事のひとつは医療機関の受付だから、接客の仕事としての側面があります。あたしも経験者ですけど、病院に来る人は不安を抱えてます。そういう人に、少しでも安心してもらえたらって」

ハローワークの仕事もそうだ、とリコは改めて思う。

「ありがとう」とナツミが言った。「これまでずっと話を聞いてくれて、ありがとう」

相手の話に耳を傾ける。そして、いったいどのように動きたがっているのか、それを知ったうえで相手に寄り添う。それがあたしの仕事。

エピローグ

二〇二〇年（令和二）八月、コロナ失業が増加する中で、企業からの新規求人は減少傾向にあった。宿泊、飲食サービス業、生活関連サービス業、娯楽業などは特に顕著だ。ハローワークでは、相談業務が多忙を極めていた。

アズマでの一年間の研修後、リコは雇用保険の失業給付の窓口に就いた。自分で希望した配属だった。なによりこの部署こそ、相手の話に耳を傾ける必要があると考えたからだ。

給付には基準があって、線引きがある。支給できない場合があった。丹念に、ていねいに説明しても、相手が納得してくれない場合がある。相手は苦しい立場にあるのだ。そうした中での、おカネにかかわる問題である。「殺してやる！」と言われたことがあった。「おまえら国家公務員はラクして、ここでふんぞり返って。なんでこっちばかりが……なんでこっちばかりがよぉ……」と泣き出した人もある。

目の前で椅子を叩きつけられたこともある。以前は床に向けてだったけれど、最近は人に向けて投げるようになった。どうなってもいいと思っているのだろうか？　それだけ、厳しい状況ってこと？　追い詰められてるってことなのかな……。

「あたしたちに死ねっていうの！」

そして今、リコは顔に包丁を突きつけられていた。

「きゃー!!」という女性職員の声がカウンターの左右から上がった。相談にきていた人々は、あたふたと離れていった。

「会社の言い分しか通らないの!?」

沙恵が荒々しく言う。

「離職理由で、会社と食い違いが生じているという相談を受けることはこれまでもありました」リコは座ったまま動けず、しかし努めて冷静に返す。「会社と交渉を続けるか、裁判に持ち込むケースもありますが、時間と手間がかかるのでお勧めできません」

「これじゃ、なんのために保険料を払ってきたの……」

彼女は振り絞るように呟く。

騒ぎを聞きつけたらしい職員たちが集まってきた。沙恵の背後に、久子、神林、高垣の姿が見えて心強かった。チャコ所長、トーカツ、ガッキーさん……。

「所長の丸山です」久子が穏やかに声をかける。「わたしが、お話を聞きましょう」

沙恵がちらりと振り返ったが、すぐにリコのほうに視線を戻した。

「次の仕事をさがしましょう、一緒に」

リコはそっと伝えた。だが、沙恵は無言のままだった。包丁を持つ手が震えていた。

彼女も、本当はこんなことをしたくはないのだ。

「悠斗君のためにも」

「息子の名前を覚えてくれてたの?」

リコは黙って頷いた。

沙恵が振り絞るように言う。

「あたしは……ただ、分かってほしくて。あたしたちのことを分かってほしくて……」

彼女はこんなにも追い詰められているのだ。

沙恵がじっとリコを見つめている。その目はすがるようだった。救いを求めているのだ。リコも彼女を見つめ返していた。悲しかった。自分が無力であることが、ただ悲しかった。反面こうも思うのだ。この人は、もっと自分を誇っていいと。

「ひとり親で仕事をしながら精いっぱい悠斗君を育てている。このこと自体が誇るべきだし、立派です」

遠くでサイレンの音がした。それがだんだんと近づいてきた。サイレンの音が耳をつんざくように禍々《まがまが》しく響き渡り、すぐ外で止まった。

「あなたは、あたしの話をちゃんと聞いてくれたもんね」

沙恵の目から、涙がひと筋流れ落ちる。リコに向けていた包丁を下ろすと、手を離した。包丁が床でカチャリと音を立てる。

「あなたを巻きこんでしまって、ごめんなさい」

向こうで人垣を割るように、警察官がふたり現れた。

あとで聞いたことだが、警察の到着がずいぶん早いなと思ったら沙恵は自分で一一〇番していたらしい。一一〇番にかけると、現場に最も近いパトカーが駆けつけるのだそうだ。「これからハローワークで、包丁を持って騒ぎを起こすつもりだから」と告げたそうだ。そういえば窓口にやってくる直前に、彼女がどこかに電話する姿をリコは見ていた。なんとか窮状を訴えたくて、騒ぎを起こしたという。「自分たちのことなど、もう誰も気に留めてなんていないと思ってたから」と。

警察から自治体の児童相談所に連絡が行き、悠斗は一時預かり施設で保護された。沙恵は釈放後に社会福祉協議会の支援を受け、生活の立て直しをすることになる。

相手の話を聞く――それがなんの問題解決にならない場合もある。そんな時には、聞くことしかできない自分に歯がゆさを感じる。それでもリコは、来所した人の話に耳を傾け続ける。相手に寄り添うために。

コロナで雇用の先行きは不透明だ。それだけではない、コンピューターの技術革新がすさまじい勢いで進む中、人間にしかできないと思われていた仕事が機械に代わられようとしている。採用活動も変化を見せていた。リモート面接に加え、履歴書も性別の記入や写真の添付をなくす動きが広がっている。変わる求職活動の中で、時には仕事の範疇をはみ出して動こう。そう、働くとは、人が動くことだから。

九月半ばの東京は、前月のピークと比べれば感染者数については落ち着きを取り戻していた。だが、収束は見通せない状況である。二階の失業給付窓口にいると、来客を伝える内線が入った。一階の受付に行くと、リコは自然と笑顔になった。

「西岡さん」

「マンマミーアちゃん」

マスクの下で雅実も笑顔を咲かせた。

受付の亜紀が、空いている窓口の番号をリコに伝え、カウンターを挟み感染防止のビニールシート越しにふたりは向かい合った。

昨年の十二月、阿久津は胸部大動脈瘤の手術を受けた。体温を二〇度近くまで下げ、心臓を止めて行う手術は危険すぎて十数年前まで医学会では敬遠されていたという。直径五一ミリ以上に膨らんだ胸部動脈を、約二〇センチにわたり人工のプラスチック製品に取り換える手術は無事成功した。それだけではない、退院した阿久津は、手術に立ち会うためにニューヨークから駆けつけた愛とカノンとともにクリスマスを過ごすというプレゼントをもらった。

愛とカノンがニューヨークに戻ってからも、おだやかな日々が続いた。一月に日本での感染者が確認され、またたく間に広がった新型コロナウイルスのパンデミックは別にしてのことだが。

六月のある夜のことだった。阿久津はひと月に二～三日食欲が落ちる時があったが、すぐにもとの元気さを取り戻していた。その晩は、「コロナを持ち込まないように」と足が遠のいていた小川が久しぶりに訪れ、ワイングラスを交わして阿久津はご機嫌だった。それが急に、「疲れた」と言い、寝室に向かおうとする。雅実もついていったが、阿久津は途中でぺたんと座り込んでしまった。立ち上がれないので、小川に手伝ってもらいベッドまで運んだ。横になると、すぐに大きないびきをかいて寝入ってしまった。いつもの様子と違う。すぐに救急車を呼んだ。救急病院に入院した阿久津は、一度も目を覚まさないまますべての機能が低下し、あっけなくこの世を去った。

小川にパソコンの準備をしてもらい、ニューヨークの愛とリモートで話し合った。カノンは隣で泣いていたが、入国制限で来日は不可能だ。小川とふたりで阿久津を茶毘《だび》に付《ふ》し、彼の妻が瞑《ねむ》っている墓に埋葬することにした。葬儀やお別れの会などは、人が集まれない状況とは関係なく好まないのが阿久津であると皆で話し合った。「動脈瘤の手術の影響かしら？」モニターの愛に訊かれた。「お医者さまは、〝それはない〟と」雅実は伝えた。阿久津はまさに眠るように逝《い》ったのだ。雅実は愛に、「ありがとう」と言われた。小川に向けては、「父が約束したとおり、雅実さんに特別賞与を渡してあげて」と指示した。

「では、二千万円の特別賞与は支払ってもらえたんですね？」

リコが訊くと、彼女が頷いた。

「最期まで看取ることができたかどうかは分からないのですが……」

「大往生、というのだと思います」

ふたりでしばらく黙っていた。雅実がぽつりと言う。

「おかげで、離婚の際に支払う約束をした借金を返済することができました」

「せっかくの特別賞与なのに、全部なくなってしまったんですね」

とリコが言ったら、雅実はにっこりした。

「でも、自由になった気がします」

「まあ、それはそうなんでしょうけれど……」

もともとは夫が勝手につくった借金じゃないか、とリコは釈然としない。

「また働かないと」雅実が決意を口にする。「それで、今日は伺ったんです」

「承知しました」

リコは職員端末で検索する。

「お仕事は家政婦さんでよろしいですか？」

「家政婦は、わたしの天職です」

そう、自分の仕事を天職にするかどうかは、その人次第なのだ。

検索していたリコは、はっとする。

「西岡さん、特例非公開求人で家政婦さんを募集してます！」

「え！」

求人しているのは、都内在住の元大学教授である。面接の際には、やはりハローワークの職員が同行することと備考欄にあった。

「電話してみますね！」

年配の男性が出て、「旧電電公社に勤めて間もない頃、現場幹部教育機関で一緒だった男がいてね。彼は、最近亡くなったんだ」そんなことを言う。

「その方は、阿久津さんとおっしゃいませんか？」

リコが驚いて口にすると、カウンターの向こうで雅実が大きく目を見開いていた。

「あんた、なんでそれを？」と男性は戸惑いながらも話を続ける。「その後、私は電電公社を辞めて大学で教えるようになったんだが、阿久津とは連絡を取り合ってた。で、彼が〝いい家政婦はハローワークで募集するに限る〟って言うんだ」

「ええ、ええ、そのとおりです」

とリコも返す。

「なんだ、やっぱりそうかね。私はこんな提案をしたいと思う、最期を看取ってほしいと。まあ、たいした報酬は支払えないんだが、いい人に来てもらいたい」

男性が電話で話したことを雅実に伝えた。特別賞与がなくても、彼女は乗り気だった。この仕事が天職だと思うから。

「マンマミーアちゃん、ぜひ！」

リコは小学校四年生の途中から間宮という苗字になった。以来、この苗字にはずっと違和感があって、名乗る時によく噛む「マンマミヤです」と。友だちにはリコと呼んでもらっていたけれど、社会人になればそうはいかないだろうと思っていた。けれど、〝マンマミーア〟とみんなから呼ばれているうちに、間宮という苗字が好きになっていた。

リコは電話の相手に告げる。

「よろしければ、すぐに面接に伺います」

「そうかね」

「はい。ハローワーク吾妻の間宮が同行いたします」

あたしもこの仕事を天職にします！

あとがき

お仕事小説といわれるジャンルを中心に、エンターテインメントノベルを書き続けている中で、「労働」をテーマにしたいと思い立ちました。

「天職」という言葉には、どこか面映《おもは》ゆいニュアンスがあります。それに、実際に自分の就いている仕事が天職だと考えている人って、どれくらいいるのでしょう？　そんなにはたくさんいないかも。しかし、自分の仕事が好きな人は、けっこう多いのではないでしょうか。小説の取材で、さまざまなプロフェッショナルにお会いする機会があるのですが、皆さん、熱を込めてお仕事の話をしてくださるからです。

天職と感じたり、その仕事が好きだと感じるのは、報酬や待遇とは別の次元にあるのではないでしょうか。そうした天職や好きな仕事について、ハローワークを舞台にした悲喜こもごもを通じて読者の皆さんと考えてみたいと思いました。

執筆にあたり、ハローワーク飯田橋《いいだばし》の皆さん、ハローワーク大森《おおもり》の皆さん、マザーズハローワーク東京の皆さん、東京新卒応援ハローワークの皆さんにお力を拝借しました。また、株式会社NCネットワーク・内原康雄《うちはらやすお》社長、株式会社浜野《はまの》製作所・浜野慶一《けいいち》社長、『ちょっと運のいい家政婦』の著者・麻田涼子《あさだりようこ》さん、『エッセイ集　海外に生く―海外世界を夢見た電気通信技術者の回想―』と『エッセイ集　記憶の旅路―電気通信技術者世界を行く―』の著者・波多野謙一《はたのけんいち》さんには貴重なお話を伺いました。深く感謝していま す。制度改正により、現行と異なる内容があります。プロローグについては、NHK NEWSWEB『閉店でも「自己都合」？追い詰められる非正規労働者』と、子どもの貧困対策blog『「シャワーは2日に1度…」新型コロナが直撃したひとり親家庭の生活の今』を参考にしました。それ以外にも作中で事実と異なる部分があるのは、意図したものも意図していなかったものも、すべて作者の責任です。

主要参考文献

日向咲嗣著『ハローワーク150%トコトン活用術 4訂版』同文舘出版
日向咲嗣著『58歳からのハローワーク200%活用術』朝日新聞出版
酒井富士子著『ハローワーク3倍まる得活用術』秀和システム
酒井富士子著『職業訓練校3倍まる得スキルアップ術』秀和システム
五十川将史著『ハローワーク採用の絶対法則 0円で欲しい人材を引き寄せる求人票の作り方』誠文堂新光社
吉川紀子、竹内康代著『54歳のハローワーク+アラウンド定年の就活ハンドブック』集英社
菊地一文監修、全日本手をつなぐ育成会編集『「働く」の教科書 15人の先輩とやりたい仕事を見つけよう!』中央法規

NPO法人HOPEプロジェクト、一般社団法人CSRプロジェクト編『がん経験者のための就活ブック　サバイバーズ・ハローワーク』合同出版
竹信三恵子著『これを知らずに働けますか？　学生と考える、労働問題ソボクな疑問30』筑摩書房
中沢彰吾著『中高年ブラック派遣　人材派遣業界の闇』講談社
派遣ユニオン、斎藤貴男著『シリーズ労働破壊②日雇い派遣　グッドウィル、フルキャストで働く』旬報社
渡辺雅紀著『派遣のウラの真実』宝島社
原田二郎著『あなたの知らない人材派遣』文芸社
麻田涼子著『ちょっと運のいい家政婦』文芸社
波多野謙一著『エッセイ集 海外に生く―海外世界を夢見た電気通信技術者の回想―』郵研社
波多野謙一著『エッセイ集 記憶の旅路―電気通信技術者世界を行く―』郵研社
「取材帳　女性刑務所3　出所後　採用してもらえたら」二〇二一年二月十二日付読売新聞夕刊

この作品は光文社文庫のために書下ろされました。

光文社文庫

文庫書下ろし
天職《てんしょく》にします！
著　者　上《うえ》　野《の》　歩《あゆむ》

2021年12月20日　初版1刷発行

発行者　鈴　木　広　和
印　刷　萩　原　印　刷
製　本　ナショナル製本

発行所　株式会社　光　文　社
〒112-8011　東京都文京区音羽1-16-6
電話（03）5395-8149　編　集　部
8116　書籍販売部
8125　業　務　部

© Ayumu Ueno 2021
落丁本・乱丁本は業務部にご連絡くだされば、お取替えいたします。
ISBN978-4-334-79283-1　Printed in Japan

R ＜日本複製権センター委託出版物＞
本書の無断複写複製（コピー）は著作権法上での例外を除き禁じられています。本書をコピーされる場合は、そのつど事前に、日本複製権センター（☎03-6809-1281、e-mail : jrrc_info@jrrc.or.jp）の許諾を得てください。

JASRAC　出 2109260-101　　組版　萩原印刷

本書の電子化は私的使用に限り、著作権法上認められています。ただし代行業者等の第三者による電子データ化及び電子書籍化は、いかなる場合も認められておりません。

長い廊下がある家　有栖川有栖
ぼくたちはきっとすごい大人になる　有吉玉青
SCS ストーカー犯罪対策室（上・下）　五十嵐貴久
PIT 特殊心理捜査班・水無月玲　五十嵐貴久
黄土の奔流　生島治郎
火星に住むつもりかい？　伊坂幸太郎
よりみち酒場 灯火亭　石川渓月
おもいでの味　石川渓月
夕やけの味　石川渓月
小鳥冬馬の心像　石川智健
月の扉　石持浅海
心臓と左手　石持浅海
玩具店の英雄　石持浅海
二歩前を歩く　石持浅海
パレードの明暗　石持浅海
鎮憎師　石持浅海
女の絶望　伊藤比呂美

セント・メリーのリボン 新装版　稲見一良
ぞぞのむこ　井上宮
珈琲城のキネマと事件　井上雅彦
ダーク・ロマンス　井上雅彦監修
蠱惑の本　井上雅彦監修
秘密　井上雅彦監修
狩りの季節　井上雅彦監修
今はちょっと、ついてないだけ　伊吹有喜
喰いたい放題　色川武大
魚舟・獣舟　上田早夕里
夢みる葦笛　上田早夕里
労働Gメンが来る！　上野歩
讃岐路殺人事件　内田康夫
イーハトーブの幽霊　内田康夫
恐山殺人事件　内田康夫
上野谷中殺人事件　内田康夫
終幕のない殺人　内田康夫

光文社文庫　好評既刊

長野殺人事件　内田康夫
長崎殺人事件　内田康夫
神戸殺人事件　内田康夫
横浜殺人事件　内田康夫
小樽殺人事件　内田康夫
幻香　内田康夫
多摩湖畔殺人事件　内田康夫
津和野殺人事件　内田康夫
遠野殺人事件　内田康夫
倉敷殺人事件　内田康夫
白鳥殺人事件　内田康夫
萩殺人事件　内田康夫
日光殺人事件　内田康夫
若狭殺人事件　内田康夫
鬼首殺人事件　内田康夫
ユタが愛した探偵　内田康夫
隠岐伝説殺人事件（上・下）　内田康夫

教室の亡霊　内田康夫
化生の海　内田康夫
博多殺人事件　新装版　内田康夫
姫島殺人事件　新装版　内田康夫
しまなみ幻想　新装版　内田康夫
須美ちゃんは名探偵!?　内田康夫財団事務局
ザ・ブラックカンパニー　江上剛
銀行告発　新装版　江上剛
蕎麦、食べていけ!　江上剛
思いわずらうことなく愉しく生きよ　江國香織
花火　江坂遊
屋根裏の散歩者　江戸川乱歩
パノラマ島綺譚　江戸川乱歩
陰獣　江戸川乱歩
孤島の鬼　江戸川乱歩
押絵と旅する男　江戸川乱歩
魔術師　江戸川乱歩

光文社文庫　好評既刊

黄金仮面　江戸川乱歩
目羅博士の不思議な犯罪　江戸川乱歩
黒蜥蜴　江戸川乱歩
大暗室　江戸川乱歩
緑衣の鬼　江戸川乱歩
悪魔の紋章　江戸川乱歩
地獄の道化師　江戸川乱歩
新宝島　江戸川乱歩
三角館の恐怖　江戸川乱歩
化人幻戯　江戸川乱歩
月と手袋　江戸川乱歩
十字路　江戸川乱歩
堀越捜査一課長殿　江戸川乱歩
ふしぎな人　江戸川乱歩
ぺてん師と空気男　江戸川乱歩
怪人と少年探偵　江戸川乱歩
悪人志願　江戸川乱歩

鬼の言葉　江戸川乱歩
幻影城　江戸川乱歩
続・幻影城　江戸川乱歩
探偵小説四十年(上・下)　江戸川乱歩
わが夢と真実　江戸川乱歩
推理小説作法　江戸川乱歩 松本清張 共編
私にとって神とは　遠藤周作
眠れぬ夜に読む本　遠藤周作
死について考える　遠藤周作
地獄行きでもかまわない　大石圭
人でなしの恋。　大石圭
女奴隷の烙印　大石圭
奴隷商人サラサ　大石圭
甘やかな牢獄　大石圭
殺人カルテ　大石圭
二十年目の桜疎水　大石直紀
京都一乗寺　美しい書店のある街で　大石直紀

光文社文庫　好評既刊

問題物件　大倉崇裕
天使の棲む部屋　大倉崇裕
忘れ物が届きます　大崎梢
だいじな本のみつけ方　大崎梢
よっつ屋根の下　大崎梢
新宿鮫　新装版　大沢在昌
毒猿　新装版　大沢在昌
屍蘭　新装版　大沢在昌
無間人形　新装版　大沢在昌
炎蛹　新装版　大沢在昌
氷舞　新装版　大沢在昌
灰夜　新装版　大沢在昌
風化水脈　新装版　大沢在昌
狼花　新装版　大沢在昌
絆回廊　大沢在昌
鮫島の貌　大沢在昌
撃つ薔薇　AD2023涼子　新装版　大沢在昌

死ぬより簡単　大沢在昌
彼女は死んでも治らない　大澤めぐみ
Y田A子に世界は難しい　大澤めぐみ
神聖喜劇（全五巻）　大西巨人
野獣死すべし　大藪春彦
東名高速に死す　大藪春彦
曠野に死す　大藪春彦
狼は暁を駆ける　大藪春彦
獣たちの墓標　大藪春彦
狼は罠に向かう　大藪春彦
狼は復讐を誓う　第一部パリ篇　大藪春彦
狼は復讐を誓う　第二部アムステルダム篇　大藪春彦
獣たちの黙示録（上）潜入篇　大藪春彦
獣たちの黙示録（下）死闘篇　大藪春彦
ヘッド・ハンター　大藪春彦
みな殺しの歌　大藪春彦
凶銃ワルサーP38　大藪春彦

光文社文庫　好評既刊

春宵十話　岡潔
伊藤博文邸の怪事件　岡田秀文
黒龍荘の惨劇　岡田秀文
月輪先生の犯罪捜査学教室　岡田秀文
誘拐捜査　緒川怜
神様からひと言　荻原浩
明日の記憶　荻原浩
あの日にドライブ　荻原浩
さよなら、そしてこんにちは　荻原浩
誰にも書ける一冊の本　荻原浩
海馬の尻尾　荻原浩
純平、考え直せ　奥田英朗
泳いで帰れ　奥田英朗
向田理髪店　奥田英朗
グランドマンション　折原一
鬼面村の殺人　新装版　折原一
猿島館の殺人　新装版　折原一

黄色館の秘密　新装版　折原一
丹波家の殺人　新装版　折原一
模倣密室　新装版　折原一
棒の手紙　折原一
ポストカプセル　折原一
劫尽童女　恩田陸
最後の晩餐　開高健
ずばり東京　開高健
サイゴンの十字架　開高健
白いページ　開高健
狛犬ジョンの軌跡　垣根涼介
トリップ　角田光代
オイディプス症候群（上・下）　笠井潔
吸血鬼と精神分析（上・下）　笠井潔
地面師　梶山季之
首断ち六地蔵　霞流一
嫌な女　桂望実

光文社文庫最新刊

- 光まで5分　桜木紫乃
- 群青の魚　福澤徹三
- 退職者四十七人の逆襲　プロジェクト忠臣蔵　建倉圭介
- SCIS　科学犯罪捜査班V　天才科学者・最上友紀子の挑戦　中村　啓《ひらく》
- ちびねこ亭の思い出ごはん　ちょびひげ猫とコロッケパン　高橋由太
- 天職にします！　上野　歩
- おとぎカンパニー　田丸雅智
- 全裸記者　沢里裕二
- 鬼火の町　松本清張プレミアム・ミステリー　松本清張
- 縁むすび　決定版　研ぎ師人情始末(十四)　稲葉　稔
- 服部半蔵の犬　奇剣三社流 望月竜之進　風野真知雄
- 師匠　鬼役伝(二)　坂岡　真